战夏阳

张大春 著

九州出版社
JIUZHOUPRESS

无关的有关

《战夏阳》简体版序

那是一次长途飞行，从台湾到南非境内的巴布那扎那—— 一个种族隔离政策之下似国非国、名之曰 homeland 的地方。航程甚远，我随身携带的书很快就看完了，只好翻阅机上杂志。不料却颇有几篇耐读有味之文。其中一篇是一位名叫 Michael（可惜忘了他的姓氏）的小说家的答客问，俗称 QA 者也。里面有几句话，令人低徊不已。这位 Michael 说：驱动（drive）我写小说的，是寻找事物之间因果关系的好奇心；尤其是那些彼此没有关系的事物。除了 Michael，我只记得 relevance、irrelevant 这两个鲜明对立的概念。

彼此无关的事物是如何有关的？这个问题在一万一千公尺的高空打动了我。日后将近三十年，我一直很后悔当时没把那本机上杂志顺进随身行囊之中，而我对自己的记忆力又信心太过，以至于到如今怎么也想不起启迪我写小说或者说故事的那位同行究竟是谁？或者至少可以如何寻觅出一点踪迹？

然而，无关的有关这一组辩证的语词毕竟在我创作的认知里扎下了根脚，那机上杂志的反光纸页与英文关键字的印刷字形偶尔会被唤起，闪烁着微小而鲜明的影响。比方说：有一次我在录制电视节目《纵横书海》的时候，和我的来宾蔡康永说起 John Donne 的 *No man is an island* 。

John Donne 原作中有两句极其知名：

Each man's death diminishes me,
For I am involved in mankind.

没有这两句，海明威的《战地钟声》大约不知如何命名，因为由此顺势而下，全诗的精神才抖擞出：

Therefore, send not to know
For whom the bell tolls,
It tolls for thee.

而我清楚地记得，在电视公司化妆间集合灯泡的照耀下，蔡康永妩媚地看着镜中的自己，说：“你不觉得明明无关的人、明明无关的事，其实就是一体的吗？”

我和即将在节目中录像对话的来宾究竟怎么说起 John Donne 的？我也不记得了，但是他的话在一瞬间为我翻开了那本许久之前读过的机上杂志。而我确信：Michael 某某所昭示于我的（甚至未必是他的本意），与触动蔡康永的伟大襟怀可能完全不同，我的感动则来自于对小说手段的另一层体认：犹如“于无声处听惊雷”的境界；小说这种迷人的文类之所以迷人的原因，会不会是说故事的人在阳光底下发明了新鲜事——他创造了无关的有关。

制作和主持电视节目的日子前后四年，其间我只出版了两本小说——《我妹妹》（1993）和《没人写信给上校》（1994）。

《我妹妹》日后重印（2008）时，我曾经在新版序中叙述过这本书当年的写作情由。其中比较特殊之处，是我依照随手写下的十一个篇目作为推进情节、展开叙述的依据。换言之：我还不知道要写什么，但是我捏造了十一个关键词句：《我的礼物》、《呕吐》、《新人类女士》、《初恋》、《她的禁忌》、《关于治疗》、《我们剩下躯壳》等等。至于要用什么故事去充填这些篇目？只有写作的当下才开始知道。在没有电脑、没有电邮，一切还是以纸笔对付记忆与想象的历史时代，我花了二十六天，赶在赴墨西哥出外景当天、登机的前一刻，把稿子丢给邮局快递窗口。让原本的确无关的字句，为我打造了一个活生生的妹妹，她四月十四号诞生，牡羊座。

这一写作实验在《春灯公子》、《战夏阳》、《一叶秋》和《岛国之冬》系列作品原初构想之际也发挥了作用。那一天，我因行车违规、被迫在监理所的教室里听一种对人类智商和情怀极尽侮蔑之能事的课程。百无聊赖之下，只好天马行空地胡思乱想，将即目所见、倾耳所闻、随念所转的诸般片段拼凑成任何东西，并用监理所提供的纸笔涂鸦。有速写图画，有叙述语句，有听课笔录，也有简单甚或无稽的心得观点，总之就是信手涂鸦。

在那堪称被强制禁闭的几个小时之中，我时而想象自己是古代被囚禁于地牢之中书写笔记的士君子之徒。这种牢笼中人不会有什么强大的意趣或兴味写小说；这种人只想掌握自己说话的权力，或者只想测试自己言谈的自由。即使他有故事可讲，也会由于形式上的禁锢而让书写成为自我意志的延伸，他会放弃琐屑的技艺，未必在乎结构的美学。他会抛开那些穿插藏闪、草蛇灰线的布局方法，他会直截了当、迫不及待地向世界宣称一切。

当是时，《春灯公子》和《战夏阳》所有的内容都已经完成，只不过还没有被分别归属于这两个成书的标题之下。

我之所以写出这些东西，完全是为了每天下午广播节目说书单元之所需。

以广播说书，昔年并不罕见，到上世纪末我开始做节目的时候，以台北或台湾为范围而言，却可以说得上是独树一帜了。节目初开，我说《城邦暴力团》，终篇之后又持续说了十几年，每周五讲，每讲一小时。前后近二十年间，《水浒》、《西游》、《三国》、《聊斋》、《封神》等大名著固无遗珠，即使像《三言》、《二拍》、《七侠五义》、《小五义》、《东周列国志》也不曾放过。

其间还有四年多的时间，则是每天黎明即起，写一篇大约四千字上下的掌故轶闻，当天下午便在节目中说过，之后归档。我一向没有把这些电脑文档里命名为“大书场”的稿子当作“小说”看待。直到在监理所听某某讲师讲授交通安全与煞车系统的检测原则那天，我看着桌面上芜杂凌乱的字句和图画，忽然意识到：那些不被我视为与小说有关的文本，为什么与小说无关？比方说：我的广播说书稿。

也许是当天晚上，也许是第二天一早，我慌张地在文档中寻觅几年来无数篇“一次性”、“日抛式”的稿子，仿佛稍晚一刻，它们即将消失。我重新读着那些随着无线电波消散在空气中的故事，也回味着播音时特意打造的气口声腔。面对着上百万字从未整理收拾的散稿，我竟然有一种负疚之感。其中一篇广播稿的某个段落，写的是明、清易鼎之际，吴三桂所统领的一支部队正处于进退维谷的窘境，犹疑于投靠李自成或是满清的两可两不可之间。此文收录于《战夏阳》时更录其题为《薄幸平生唯反复——从山海关之役看吴三桂》，有一段内容，我原本是这样写的：

吴三桂在西沙河驿遇上了个道士。那道士愁眉苦脸地跪坐在一间破庙门口，见大将军仪仗到了也不回避。吴三桂心实异之，看那道士一张篑席，一只泥垆，正在烤火取暖。道士一抬头，忽然笑道："将军请坐。"吴三桂甲胄在身，不方便立刻坐下，迟疑间听那道士又说："将军是挨着篑（贼）坐呢？还是挨着垆（虏）坐呢？"吴三桂一听就明白了，上前一揖，问道："确乎是两难，云驾以为如何呢？"道士接着说："以篑扑垆，火势越盛；以垆焚篑，顷刻间灰飞烟灭矣！"这道士的传说似乎荒诞无稽，但是颇有深意——道士的话里隐含的玄机是：无论投靠哪一边，都不具备道德的正当性。而道德评价却可能是由力量而定夺的。吴三桂最后的考量显然是选择偎大边而已—— 一个以军事行动之成败为唯一考量的决定。

这一段看起来颇有些明、清说部里神秘僧道气息的段子当然是我信手捏造的，可是紧接着——应该是为了加强这荒唐故事的可信性罢——我又板起脸来引经据典：

吴三桂知道自己可能要背上千古的骂名吗？知道又如何？当年帮助赵匡胤打天下的大将曹彬就被耍过；赵匡胤原先允诺诸将，平定江南之后班师回朝，大将封相，结果这事“黄”了，赏赐了大笔金银，赵匡胤还说：“如今平定了江南就封相，那将来再平定了河东之后，我拿什么封你们？皇位吗？”曹彬的感慨是：“做官不就是为了钱吗？有了钱，干嘛一定要封相呢？”吴三桂也许听说过曹彬的感慨，只不过曹彬愿意被政治领袖玩很多把，吴三桂则选择了自己玩。

这一段的文字不是现代小说家的文字，而是站在任何一个人群聚集之处、扯开喉咙、旁若无人的“街谈巷议”者的家常。特别是“结果这事‘黄’了”以及“只不过曹彬愿意被政治人物玩很多把”这两句，置之于口语之中，略无尴尬，可是行之于文本间，反而容易让人有不明就里的疑惑。

然而我知道：这正是我在写广播稿的时候所浸润的一种语感，那是说书人和他的听众之间相互应和的契约文字。与现代小说的情境设计无关，却是我们久违了的一种小说书写。我在那一刻，不由得想起费尽心力用男女肉体关系描述煞车系统之紧密无间的那位讲师。他的譬喻很俗烂，但是我一听就明白了碟式煞车和鼓式煞车的同异之处。

说得更仔细些，是那些费尽心机的交通安全专家讲师给了我一个格外有趣的启示：要让根本不想听课的交通违规人于受罚之外还真有些知见上的长进，得在唤起听者之专注这件事上别有用心、另辟蹊径。

那么，写小说的人，是不是也可以想想：我有没有写给“不想看小说的人”的时候？还有，那些每天打开收音机听我广播说书的人，即使爱听说书人讲“天地事物之变，可喜可愕”，讲得天花乱坠，却未必只能欣赏现代小说的惯性腔调。而“写（读）惯了”现代小说的人恐怕也会认为：在叙述故事之间插入些道德教训或知识、议论，或者运用一些当下口头的庶民常言，应该是破坏文本叙述严整性的败笔罢？

换言之：早在我心头暗暗潜伏着的、关于“现代小说应该如何如何”、“广播说书应该如何如何”那般泾渭分明的成见，这样的成见显然已经硬化成写作时毫不自觉的构思与选字习惯了。比方说，若是写作现代小说，我就绝对不会在叙事中夹一段：“这一下连徐霞客都登场了，岂能不岔嘴闲说几句徐霞客的事？”（《战夏阳·剑仙》）。同样地，若是写广播说书稿，我也绝对不会写出这样的句子：“我想：拉小提琴那几年的熬练对我妹妹或许有些微妙的影响，她的意识底层因之而酝酿出一种对结构、秩序和准确性的要求；相对地，也因不耐于这种种要求的鞭笞而渴望自由。”（《我妹妹·关于治疗》）

然则，我在这时追问自己：不爱读现代小说的人（一如不爱上交通安全课的违规者）会不会一不小心因为书场的气口声腔而津津有味地听起了、也记得了故事——我的确认为课堂上的人对老掉牙的荤笑话和踩一脚就完事的煞车系统都未必那么有兴趣，可是连结起这两者的话术却无比迷人。

于是我开始把那些广播稿一一分门别类，它们最初的来历或恐都是民间，而后经由文人书写者重述，经由重述，有些还夹藏了特殊的社会观或世界观；有些则与书写者自身的经历或情感绾结成别具怀抱的寓言；还有的孤零不见首尾，必须和其他的情节相互比附拼凑，而呈显出较为完整的意义；也有的会唤起我这样一个多嘴的说书人添加些许枝叶，或为勾稽历史背景，或为阐明人物源流，或为比对时空变貌差异，总之不免踵事增华。

由于收罗在《春灯公子》之中的篇章几乎都有相当鲜明

的民间色彩，而且大致上还维持着纯粹呈现故事原貌的情味，是以到了《战夏阳》，我便作了比较全面的调整。首先，一如原作在台繁体字初版时封底编者所按之语：

（作者）将关注的视角从广袤幽邃的江湖林野、众声喧哗的市井书肆进一步聚焦到庙堂之上，说的笑的皆是古代官场与科场的怪状、丑态，也呈现了近代中国知识和权力的复杂光谱，同时抛出一个问题：小说家与史家，究竟何者是对方的倒错?

末了这个问题是不会有答案的——问题本身抹去“究竟何者”就是答案。《战夏阳》以作者与夜访书斋的司马子长之对答（看来有如代序之文）开篇，另收十一篇文字，通书都是故事，然而没有一篇不像杂谈，也没有一篇具备现代小说之故貌。不像小说的地方尚不止于此，在这十一篇文字之间，还有十篇短文，其作用不过是将前一篇与后一篇文字用种种光怪陆离之手段串连起来。我所假想的情况是，有那么一位读者，本意就是想读完《战夏阳》中的某一篇，未料他往下瞥了一眼那短文，竟然发现：此篇并未完遂，因为那短文就像是挠钩一样，往下一搭搭将过去，明明没有一点关系的两个故事居然有着紧密的联系。老实说，这伎俩不是我的本事，我是从交通安全课堂上跟那些讲师们学来的。

此外，细心的读者也可能注意到：《战夏阳》中每一篇的标题也不像是小说，姑且这么说：篇目都用了一个较短的、象征性的句子作为“主题”，再用另一个较长的、说明性的句子作为“副题”；这个做法也与一般的小说大异其趣，明眼人反而会觉得它像是学报里常见的论文题目。下这样的标题是作者的 secret pleasure，至于要问我：其乐何在？曰：尽量让打开这一本书的读者没提防这是一部小说。就如同我们不会预期在交通安全的课堂上居然听到那么多有益于驾驶汽车、保养汽车、维修汽车的荤段子，没有预期，正是因为没有提防。这也是无关而有关；小说妙趣之处，往往在那里。

目次

战夏阳·司马子长及其同行的对话

汉二年，刘邦兵出函谷关，收取魏国在黄河河曲以南之地。这时，秦以前的旧贵族势力（像韩国）和项羽入关中之后分封的新政权（像殷王司马卬）都先后归附。在这一个历史阶段里，刘邦只有一个目标，那就是联合天下诸侯，共击项羽。

这是一程不知要延续多久的大斗争，汉王出师不利，几个月之内就在彭城打了一个大败仗，据《史记》的描述，此役楚兵将汉王团团围住，密逾三匝，几至不能走脱。正在危急之际，大风忽然从西北而起，风势狂暴异常，摧折巨木，倾倒房宅，砂石蔽天，日星昏昃。楚军是在这样的天候之下，行伍大乱，阵式瓦解，无奈放过了刘邦和几十名亲随的将士，不得已收兵而回。

原本还在肘腋之间、信誓旦旦，要共取天下的塞王司马欣、翟王董翳这时见风使舵，突然出亡楚营，投靠项羽。外围原先可能结为联盟的齐、赵两大诸侯也立刻观风转向，亟欲与项羽谋和。相较于半年之前出陈仓、定三秦，奄有故秦之地的那一分顾盼自若之概，相去不可以道里计。

到了六月间，魏王豹借口回家探视生病的父亲，一旦渡过黄河，回到故国，马上封闭了河关（后来的蒲津关之地），这是很明显的叛离，魏豹的使者也几乎在同一天飞驰而出，与项羽媾和订约去了。刘邦所能做的就是发付重赏，以万户侯的代价，请说客郦生去劝回魏豹，魏豹的答复是历史上很知名的一个段子，《史记•卷九十•魏豹彭越列传》："人生一世间，如白驹过隙耳！汉王慢而侮人，骂詈诸侯群臣，如骂奴耳，非有上下礼节也！吾不忍复见也！"

这时的汉王刘邦已经不能再用项羽诛杀义帝这种激人义愤于一时的借口来号召天下了。他正在生死存亡的关键上，需要展现统有大局的实力，用以威慑诸侯。所以他需要打赢一场战役——哪怕是一次小小的胜利都可以。

这就是"战夏阳"一节的背景了。

《史记•卷九十二•淮阴侯列传》中提到这一场战役时，只有寥寥数十字的记载："其八月，以信为左丞相，击魏，魏王盛兵蒲坂，塞临晋，信乃益为疑兵，陈船欲渡临晋，而伏兵从夏阳以木罂缻渡军，袭安邑，魏王豹惊，引兵迎信，信遂虏豹。定魏为河东郡。"

也就是这么一段简略的文字，使我产生了极大的好奇。

就楚汉之争的历史看，夏阳之战极为要紧。没有这一场胜利，莫说魏国不附，河东、太原、上党三地不置，更重要的是韩信和张耳便没有了领兵向东出击的根据之地。如果没有河东三郡的大本营，试问：韩、张二将如何攻克井陉，进击赵国？如何斩杀陈余和赵王歇？如果夏阳之战不能一举灭魏，则刘邦更不可能兵扎荥阳之南，修筑甬道，以取敖仓之粟，而与楚军分庭抗礼。这么重要的一场战役，关于它的叙述，却草率得可疑。

然而史料原就如此，再有什么，便仅止于后人的穷诘推测之辞，聊入毫末而已。比方说："木罂缻"是什么？是一种木制的大桶，可容军士们藏身其间，在黄河流经的夏阳南岸让军士们钻入罂缻之中，经过一阵漂浮翻滚，渡过河去，再集结起来，由陆路沿河而下，摧毁临晋关的敌人部队，好恢复蒲津桥的运输，方便大军北渡。然而，这都只是我们的想象而已。

于是趁着一次司马子长到访，我提出了这个疑问："在《淮阴侯列传》里，描写韩信打夏阳那一战的时候，你是否基于什么样不能明说的理由而刻意隐藏了一些材料？"

在记录我和司马子长的对话内容之前，请容我先作一点儿背景的说明。司马子长不是经常来访的客人，加上我最近搬家，和许多老朋友想见面通话，居然甚是不易，他们找不着我，我也丢失了和他们通信的资料，更有些不值得来往的人，也就趁此机会再也不联络了。司马子长不在拒绝往来之列，可他也不是我随时会想起来要攀谈、商量的对象——最主要的原因是他所使用的语言跟我不同。

那是一种以两千年前的中原地区通用楚语为基础的古典方言，既不容易听，也不容易说，我总是将他所发的字音用电脑打出来，辅以同步发音装置，以之找寻到比较接近正确的用字，才能在键入电脑之后，猜出他所使用的字句，再加翻查、考释，勉强理解。对他而言，我说的大白话也是极大的负担，他总觉得我们现代人说的话里的废字废句太多，多到断裂意义。关于这一点，我既同意，又不同意，但是来往久了，就不争辩了。

像我上面列举的那一个问题："在《淮阴侯列传》描写韩信打夏阳那一战的时候，你是否基于什么样不能明说的理由而刻意隐藏了一些材料？"这话不是再清楚不过了吗？司马子长一听就皱起了眉头，直说："否否否。"他不是否认自己隐藏了什么材料，而是根本觉得我说话难听。经过很长一段时间的分析，我终于知道他所"否"的是什么了——他认为我应该这样问："夏阳事，君其有不能言者乎？君其无不能言而不欲言者乎？"

我说："你这样讲话今天没有人能明白，讲了人不明白，又何必讲呢？你自己写《太史公自序》的时候引董仲舒说孔夫子为什么作《春秋》呢？不是因为孔夫子'知言之不用，道之不行也'吗？'言之不用'还排在'道之不行'的前面呢！你净说些人不懂的话，不正是掉进'言之不用'的泥淖里了吗？"

这样的争论，几乎每一次见面都会发生，而且始终贯穿着我们整个的对话。如非必要，在下面这一篇对谈记录里，我还是会尽量撙节篇幅，省略为之的。

司马子长并没有直接回答我的问题。他反而问我："何以知之？"

我知道他一定不想在使用语言的层次上再同我继续打转，所以他的问话当然是指我对夏阳之战一节的发现。这里面的机关其实很明白，只不过两千年来读历史的人都不讲究，所以不会提出撼动史料本质的问题。我对夏阳之战的怀疑当然不只是因为描写简略得离了谱而已，我甚至根本怀疑这场仗，乃至于之后绝大部分归诸韩信名下的仗都是他打的。

我于是用司马子长自己写下来的材料，将韩信的生平一路数落到登坛拜大将为止。基本事实是：韩信的养成背景之中并没有只字片语及于他有掌握军事地理而克敌制胜的能力。

而不论大大小小的哪一场战役，一旦言及韩信用兵，又多多少少与擅用山川形势之便有关。值得注意的不是韩信是否真正知兵、用兵，而是为什么司马子长在《淮阴侯列传》里完全不交代韩信是如何能够知兵、用兵的。毕竟，一个楚州穷困之地出身、没有受过什么教育，也不可能像那些周游列国之士行迹遍天下，韩信后来是凭借着什么而能够在临阵之际立刻掌握山川形势的呢？更明白地说罢：当魏王豹盛兵蒲坂，阻绝河关，固守临晋，那时韩信是怎么知道有夏阳这个地方，可以利用木罂缻渡河的呢？在此之前，他恐怕连河曲之地都没听说过呢！

“因为你根本没有写。”我的答复也很简单：“而且显然是刻意不写的。”

“固有不足以言之者也。”司马子长的第一度反击力道薄弱，用这样的话当作反驳，不如说简直地招供了——是的，他的话，翻成今天的用语就是“本来就没什么好说的”。

于是我接着说：“刻意隐藏了韩信在军事方面的教养，只有两种解释：其一是他在这一方面的教养是上天赋与的，不求而知、不学而能，尽管难得可贵，这样的天才却不能说一定不会有。不过，如果真是一个如此这般的大天才，以子长兄你这样好奇爱才的个性来看，是不会不称道个几句的……”

“噫嘻！”司马子长叹着气，笑了。看样子是认为我说得没错。

我接着追击下去：“另一个解释就是他根本不知兵，不会用兵，不懂打仗。”

“非将帅之才，淮阴侯何为者？”司马子长依旧保持着笑容，仿佛在等待着我进一步的分析——搞历史的人撞见一个同行，非要对这样的笑容保持高度的戒慎恐惧不可。这里面一定有陷阱。我暂停了片刻，把思绪重头整理了一下，才不疾不徐地说：

“三条线索，也可以说是三个证据。而且每一项都是依据子长你自己的描述推绎而得的。首先，依据你的书写惯例——每一个重要人物登场上台的时候所说的第一句话几乎就是他这一生功果事业的写照——韩信一上场，就是个跟着人讨吃喝、惹人嫌厌的寄生虫，他说的第一句话就是吹牛屄：“我将来一定会重重地酬谢漂母您的！”而听见这话的漂母不但不乐意，还狠狠训了他一顿，甚至还用“贵公子”之类的言语讽刺了他一番（‘大丈夫不能自食，吾哀王孙而进食，岂望报乎？’）。此其一。

“接下来到亡楚归汉之后，韩信差一点儿坐法而被夏侯婴杀了，在他之前，已经砍掉了十三个脑袋，轮到他，又冒出来两句大话：‘上不欲就天下乎？何为斩壮士？’这又是两句其气壮哉，但是仍然不过是吹牛屄的话。此其二。

“到了登坛拜将之际，忽然一说一大套，这一大套话里，有相当一部分内容和视野根本不是他之前以一个‘连敖’（典客）之流的小官吏所可能与闻的。此其三。”我说到这里，故意停顿了一会儿，才继续说下去：“所以我怀疑你在《淮阴侯列传》里埋伏了一个不愿意言明的谜，一个暗示：那就是韩信这人并不是个大将，他顶多不过是个能够将大将的谋略用漂亮的语言描述出来，用以煽动帝王、煽动部队、以遂行军事行为的传声筒而已，他是一个宣传工具、一个悬丝傀儡罢了。”

司马子长完全不明了“传声筒”、“悬丝傀儡”这些词，但是他最有兴趣的是“吹牛屄”。我解说了很久，他依然无法理解。毕竟在我们两人相去两千年之久的两个当代里，也都还没有任何畜牧业者会真用嘴巴吹牛屄的方式解决过什么宣传问题。不过，到末了他终于点头承认了一件事：他的确刻意省略了描述韩信的身世、教养、学习和经历等等。我感觉重要的不是这表面上的结论，而是原因。

“是因为韩信这个在庶民历史上一向被大肆吹捧的将才，

根本就不是什么大将罢？”

“果如君言，信非大将，仆亦以信非大将；然则其谁为大将哉？”

“当然是萧何啰！”我索性翻开那本由我的老师台静农先生题签的《白话史记》，第三册一千两百七十八页，指着上面的文字念说：

滕公夏侯婴听了他（按：指韩信）的话，甚感惊奇，看他的样貌也不是等闲之辈，于是就把他放了，不斩他的头。和他一谈话，大为高兴，就报告刘邦，刘邦就请他担任管理粮饷的军需官。刘邦并没有发现他有什么特殊与众不同之处。可是韩信好几次跟萧何交谈，萧何十分惊奇韩信之与众不同。

司马子长听我念了两三遍，才确认我所念的正是他在很久很久以前亲手写的，原文是：“滕公奇其言、壮其貌，释而不斩。与语，大悦之，言于上；上拜以为治粟都尉。上未之奇也，信数与萧何语，何奇之。”司马子长认为他写的原文干净利落又简洁，而且更明白。我仔细将文言文和白话文一个字、一个字对照着读了一回，不得不承认他说得对。但是我所要争的，不是古语、今语哪个比较啰唆、哪个比较清晰，我要说的是韩信在刘邦和萧何之间起了某种独特的作用。

要说识人之明，则夏侯婴之拔韩信于死囚之间，语虽寥寥，肤廓简略，仍可以看出史笔：那就是夏侯婴发现了韩信在“言”、“貌”这种表面功夫上的特长——韩信是个有说服力，以及让他人感到有威慑力量的青年。这并不表示韩信有“将才”。司马子长显然也不想强调：除了“奇其言、壮其貌”之外，韩信还有什么值得大书特书的实际内涵。而这正是萧何看上韩信的地方。

萧何自己是大谋略家。刘邦先入关中，《史记·卷五十三·萧相国世家》有一段记载：“沛公至咸阳，诸将皆争走金帛财物之府分之。何独先入收秦丞相御史律令图书藏之。沛公为汉王，以何为丞相。项王与诸侯屠烧咸阳而去。汉王所以具知天下阸塞，户口多少，强弱之处，民所疾苦者，以何具得秦图书也。”

在这一段话之后，如果接着说汉王引兵东定三秦、萧何以丞相之尊“留收巴蜀，填抚谕告，使给军食”是十分顺理成章的。可是当年司马子长不是这样写的。他在叙述了萧何广收天下图书之后，立刻调转笔锋，插进来这么一段：

何进言韩信，汉王以信为大将军，语在《淮阴侯》事中。

不错的——依照时序说来——举荐韩信是在广收天下图书之后才发生的事，然而收图书之后、定三秦之前，汉王与萧何之间还有许多可以记录的事；不此之图，只提举荐韩信的一节，却又虚晃一枪，以“语在《淮阴侯》事中”带过，全然不及于萧何“收图书”与“荐韩信”有什么相关性，以司马子长治史之深刻，笔例之严明，此中岂能没有缘故哉？依照史记源乎《春秋》，屡有“不书”之例可知：萧何必然在“具得秦图书”这件事上广泛地嘉惠了韩信。

换言之：在司马子长自己的叙述之中，韩信所打过的仗看起来多与利用地形地物有关——尤其是对于韩信而言根本陌生的河川；所以在司马子长未曾明说的“暗场”之中，我十分相信韩信只不过是萧何的傀儡，一个影舞者投射在幕上的影子。司马子长勾勒出布幕上惊心动魄的舞姿，并且让千古以来的读史之人相信了这人能够忍辱负重，甚至也因之而相信了唯其能忍辱才得以负重的思维。

在我的想象中，韩信要比“不是将才”更不堪一点。即便事实并没有我想象的那样，萧何月下追韩信的一节也不应该只是传奇故事或戏曲所描绘的那样：有一个慧眼识英雄的谋臣，一眼看出某个溷迹行伍、落落不得志的军官其实是个“自与常人殊”的奇葩。我却相信萧何广收图书与举荐韩信是相互并联的一回事：萧何在月光之下的承诺显然不只有登坛拜将而已，他一定看出来韩信这人“奇言壮貌”之下可塑、可造的材质。“奇言壮貌”只是去打动主子的化妆品，真正有用的利器是韩信能够称职地扮演一个影子的角色。也许他有很强烈的学习动机和能力，也许他掌握讯息迅速确实，起码我们从《史记》的本传上可以看出，司马子长有意将他和刘邦之间的对答、和广武君李左车之间的对答、和范阳辩士蒯通之间的对答当成整个传的主轴。后世的读者可以看出：韩信简直就是在一场又一场的论辩之中逐渐取得军事胜利和政治地位的。

然则也正是月光下的萧何，以他所收罗的天下图书为筹码，用这堆筹码，他向韩信展示了日后夺取天下、一统诸侯的“胜券”。萧何深知韩信充其量是一个演说家；在秦汉之交的演说家，已经不像春秋、战国时代的纵横之士那样便宜好混了，这个时代的演说家需要直接说服的，除了霸业主还有老百姓，而且赖以说服的内容也不只是儒法道墨各家之学的性理高谈——汉文帝不是这样跟张释之说过吗？“卑之，无甚高论。”——正因为能够说服人们的根据已经是需要迫切掌握的实学资料，谁能够为汉兴以来的演说家提供他最需要的讲稿，谁就取得了最大的胜利。

为什么是演说家而非将才呢？我们从汉兴诸功臣的生平来看就一目了然了。樊哙、周勃、灌婴、彭越、英布甚至夏侯婴，这些人里头谁没有显赫的战功呢？论战功，更不能不说曹参了。

在《史记•卷五十三•萧相国世家》里刘邦亲口议定群臣功劳次第时说："平阳侯曹参身被七十创，攻城略地，功最多，宜第一。"但是关内侯鄂千秋为萧何抱不平时所说的一段话，颇可以验证将才的地位是如何透过一个辩论程序而被贬抑的。对于刘邦而言，将才地位的贬抑，也许是保住皇帝宝座的必要手段之一；但是对于司马子长来说，把"将才"的定义延展、扩充、扭曲成"纵横家之流的一个变形的末裔"，则称得上是一个特殊的史观了吧？

夫曹参虽有野战略地之功，此特一时之事。夫上与楚相距五岁，常失军亡众，逃身遁者数矣。然萧何常从关中遣军补其处，非上所诏令召，而数万众会上之乏绝者数矣。夫汉与楚相守荥阳数年，军无见粮，萧何转漕关中，给食不乏，陛下虽数亡山东，萧何常全关中以待陛下，此万世之功也！

当我缓缓地将这一些杂碎想法一点一滴告诉司马子长的

时候，他并没有显现出什么异常的表情——这一点十分不寻常。固然，我并没有预期他会在这天夜里忽然来访，但是基于对韩信这个历史人物的本相之好奇，我一直感觉到司马子长对于“历史书写”这件事一定有非常不同于我个人的解释。他似乎有意让一个经由他而写定的人物容有一副藏隐起来的身世、面目。也就是说：他总会把他觉得有兴味的历史人物包藏在他要后世读者产生的误会里面。

“如果你不希望《史记》的读者有一个正确的历史认识，以你操纵文笔的能力，何患而不能像我在我这一行一样，变造蜚语，颠倒虚实，凭空杜撰，反正就是无中生有，不也一样能让人们读得津津有味而信以为真吗？”

“仆果欲存真耶？仆向未能也！究天人之际，通古今之变，成一家之言，岂有只字而及于‘存旦夕之真’乎？”

闻听此言，我愣了一下，一时答不上话来，只能嗫着声说：“那么，那么……”

“韩信殆非将才，萧何亦非碌碌，君非小说家者流，而仆亦非太史令矣！”

司马子长和我是同行吗？一个倒错和另一个倒错加起来，会得到正确的理解吗？至少在他那样说着的时候，我对我们俩的行业都觉得尴尬起来。

战夏阳·司马子长及其同行的对话

汉二年，刘邦兵出函谷关，收取魏国在黄河河曲以南之地。这时，秦以前的旧贵族势力（像韩国）和项羽入关中之后分封的新政权（像殷王司马卬）都先后归附。在这一个历史阶段里，刘邦只有一个目标，那就是联合天下诸侯，共击项羽。

这是一程不知要延续多久的大斗争，汉王出师不利，几个月之内就在彭城打了一个大败仗，据《史记》的描述，此役楚兵将汉王团团围住，密逾三匝，几至不能走脱。正在危急之际，大风忽然从西北而起，风势狂暴异常，摧折巨木，倾倒房宅，砂石蔽天，日星昏昃。楚军是在这样的天候之下，行伍大乱，阵式瓦解，无奈放过了刘邦和几十名亲随的将士，不得已收兵而回。

原本还在肘腋之间、信誓旦旦，要共取天下的塞王司马欣、翟王董翳这时见风使舵，突然出亡楚营，投靠项羽。外围原先可能结为联盟的齐、赵两大诸侯也立刻观风转向，亟欲与项羽谋和。相较于半年之前出陈仓、定三秦，奄有故秦之地的那一分顾盼自若之概，相去不可以道里计。

到了六月间，魏王豹借口回家探视生病的父亲，一旦渡过黄河，回到故国，马上封闭了河关（后来的蒲津关之地），这是很明显的叛离，魏豹的使者也几乎在同一天飞驰而出，与项羽媾和订约去了。刘邦所能做的就是发付重赏，以万户侯的代价，请说客郦生去劝回魏豹，魏豹的答复是历史上很知名的一个段子，《史记•卷九十•魏豹彭越列传》："人生一世间，如白驹过隙耳！汉王慢而侮人，骂詈诸侯群臣，如骂奴耳，非有上下礼节也！吾不忍复见也！"

这时的汉王刘邦已经不能再用项羽诛杀义帝这种激人义愤于一时的借口来号召天下了。他正在生死存亡的关键上，需要展现统有大局的实力，用以威慑诸侯。所以他需要打赢一场战役——哪怕是一次小小的胜利都可以。

这就是"战夏阳"一节的背景了。

《史记•卷九十二•淮阴侯列传》中提到这一场战役时，只有寥寥数十字的记载："其八月，以信为左丞相，击魏，魏王盛兵蒲坂，塞临晋，信乃益为疑兵，陈船欲渡临晋，而伏兵从夏阳以木罂缻渡军，袭安邑，魏王豹惊，引兵迎信，信遂虏豹。定魏为河东郡。"

也就是这么一段简略的文字，使我产生了极大的好奇。

就楚汉之争的历史看，夏阳之战极为要紧。没有这一场胜利，莫说魏国不附，河东、太原、上党三地不置，更重要的是韩信和张耳便没有了领兵向东出击的根据之地。如果没有河东三郡的大本营，试问：韩、张二将如何攻克井陉，进击赵国？如何斩杀陈余和赵王歇？如果夏阳之战不能一举灭魏，则刘邦更不可能兵扎荥阳之南，修筑甬道，以取敖仓之粟，而与楚军分庭抗礼。这么重要的一场战役，关于它的叙述，却草率得可疑。

然而史料原就如此，再有什么，便仅止于后人的穷诘推测之辞，聊入毫末而已。比方说："木罂缻"是什么？是一种木制的大桶，可容军士们藏身其间，在黄河流经的夏阳南岸让军士们钻入罂缻之中，经过一阵漂浮翻滚，渡过河去，再集结起来，由陆路沿河而下，摧毁临晋关的敌人部队，好恢复蒲津桥的运输，方便大军北渡。然而，这都只是我们的想象而已。

于是趁着一次司马子长到访，我提出了这个疑问："在《淮阴侯列传》里，描写韩信打夏阳那一战的时候，你是否基于什么样不能明说的理由而刻意隐藏了一些材料？"

在记录我和司马子长的对话内容之前，请容我先作一点儿背景的说明。司马子长不是经常来访的客人，加上我最近搬家，和许多老朋友想见面通话，居然甚是不易，他们找不着我，我也丢失了和他们通信的资料，更有些不值得来往的人，也就趁此机会再也不联络了。司马子长不在拒绝往来之列，可他也不是我随时会想起来要攀谈、商量的对象——最主要的原因是他所使用的语言跟我不同。

那是一种以两千年前的中原地区通用楚语为基础的古典方言，既不容易听，也不容易说，我总是将他所发的字音用电脑打出来，辅以同步发音装置，以之找寻到比较接近正确的用字，才能在键入电脑之后，猜出他所使用的字句，再加翻查、考释，勉强理解。对他而言，我说的大白话也是极大的负担，他总觉得我们现代人说的话里的废字废句太多，多到断裂意义。关于这一点，我既同意，又不同意，但是来往久了，就不争辩了。

像我上面列举的那一个问题："在《淮阴侯列传》描写韩信打夏阳那一战的时候，你是否基于什么样不能明说的理由而刻意隐藏了一些材料？"这话不是再清楚不过了吗？司马子长一听就皱起了眉头，直说："否否否。"他不是否认自己隐藏了什么材料，而是根本觉得我说话难听。经过很长一段时间的分析，我终于知道他所"否"的是什么了——他认为我应该这样问："夏阳事，君其有不能言者乎？君其无不能言而不欲言者乎？"

我说："你这样讲话今天没有人能明白，讲了人不明白，又何必讲呢？你自己写《太史公自序》的时候引董仲舒说孔夫子为什么作《春秋》呢？不是因为孔夫子'知言之不用，道之不行也'吗？'言之不用'还排在'道之不行'的前面呢！你净说些人不懂的话，不正是掉进'言之不用'的泥淖里了吗？"

这样的争论，几乎每一次见面都会发生，而且始终贯穿着我们整个的对话。如非必要，在下面这一篇对谈记录里，我还是会尽量撙节篇幅，省略为之的。

司马子长并没有直接回答我的问题。他反而问我："何以知之？"

我知道他一定不想在使用语言的层次上再同我继续打转，所以他的问话当然是指我对夏阳之战一节的发现。这里面的机关其实很明白，只不过两千年来读历史的人都不讲究，所以不会提出撼动史料本质的问题。我对夏阳之战的怀疑当然不只是因为描写简略得离了谱而已，我甚至根本怀疑这场仗，乃至于之后绝大部分归诸韩信名下的仗都是他打的。

我于是用司马子长自己写下来的材料，将韩信的生平一路数落到登坛拜大将为止。基本事实是：韩信的养成背景之中并没有只字片语及于他有掌握军事地理而克敌制胜的能力。

而不论大大小小的哪一场战役，一旦言及韩信用兵，又多多少少与擅用山川形势之便有关。值得注意的不是韩信是否真正知兵、用兵，而是为什么司马子长在《淮阴侯列传》里完全不交代韩信是如何能够知兵、用兵的。毕竟，一个楚州穷困之地出身、没有受过什么教育，也不可能像那些周游列国之士行迹遍天下，韩信后来是凭借着什么而能够在临阵之际立刻掌握山川形势的呢？更明白地说罢：当魏王豹盛兵蒲坂，阻绝河关，固守临晋，那时韩信是怎么知道有夏阳这个地方，可以利用木罂缻渡河的呢？在此之前，他恐怕连河曲之地都没听说过呢！

“因为你根本没有写。”我的答复也很简单：“而且显然是刻意不写的。”

“固有不足以言之者也。”司马子长的第一度反击力道薄弱，用这样的话当作反驳，不如说简直地招供了——是的，他的话，翻成今天的用语就是“本来就没什么好说的”。

于是我接着说：“刻意隐藏了韩信在军事方面的教养，只有两种解释：其一是他在这一方面的教养是上天赋与的，不求而知、不学而能，尽管难得可贵，这样的天才却不能说一定不会有。不过，如果真是一个如此这般的大天才，以子长兄你这样好奇爱才的个性来看，是不会不称道个几句的……”

“噫嘻！”司马子长叹着气，笑了。看样子是认为我说得没错。

我接着追击下去：“另一个解释就是他根本不知兵，不会用兵，不懂打仗。”

“非将帅之才，淮阴侯何为者？”司马子长依旧保持着笑容，仿佛在等待着我进一步的分析——搞历史的人撞见一个同行，非要对这样的笑容保持高度的戒慎恐惧不可。这里面一定有陷阱。我暂停了片刻，把思绪重头整理了一下，才不疾不徐地说：

“三条线索，也可以说是三个证据。而且每一项都是依据子长你自己的描述推绎而得的。首先，依据你的书写惯例——每一个重要人物登场上台的时候所说的第一句话几乎就是他这一生功果事业的写照——韩信一上场，就是个跟着人讨吃喝、惹人嫌厌的寄生虫，他说的第一句话就是吹牛屄：“我将来一定会重重地酬谢漂母您的！”而听见这话的漂母不但不乐意，还狠狠训了他一顿，甚至还用“贵公子”之类的言语讽刺了他一番（‘大丈夫不能自食，吾哀王孙而进食，岂望报乎？’）。此其一。

“接下来到亡楚归汉之后，韩信差一点儿坐法而被夏侯婴杀了，在他之前，已经砍掉了十三个脑袋，轮到他，又冒出来两句大话：‘上不欲就天下乎？何为斩壮士？’这又是两句其气壮哉，但是仍然不过是吹牛屄的话。此其二。

“到了登坛拜将之际，忽然一说一大套，这一大套话里，有相当一部分内容和视野根本不是他之前以一个‘连敖’（典客）之流的小官吏所可能与闻的。此其三。”我说到这里，故意停顿了一会儿，才继续说下去：“所以我怀疑你在《淮阴侯列传》里埋伏了一个不愿意言明的谜，一个暗示：那就是韩信这人并不是个大将，他顶多不过是个能够将大将的谋略用漂亮的语言描述出来，用以煽动帝王、煽动部队、以遂行军事行为的传声筒而已，他是一个宣传工具、一个悬丝傀儡罢了。”

司马子长完全不明了“传声筒”、“悬丝傀儡”这些词，但是他最有兴趣的是“吹牛屄”。我解说了很久，他依然无法理解。毕竟在我们两人相去两千年之久的两个当代里，也都还没有任何畜牧业者会真用嘴巴吹牛屄的方式解决过什么宣传问题。不过，到末了他终于点头承认了一件事：他的确刻意省略了描述韩信的身世、教养、学习和经历等等。我感觉重要的不是这表面上的结论，而是原因。

“是因为韩信这个在庶民历史上一向被大肆吹捧的将才，

根本就不是什么大将罢？”

“果如君言，信非大将，仆亦以信非大将；然则其谁为大将哉？”

“当然是萧何啰！”我索性翻开那本由我的老师台静农先生题签的《白话史记》，第三册一千两百七十八页，指着上面的文字念说：

滕公夏侯婴听了他（按：指韩信）的话，甚感惊奇，看他的样貌也不是等闲之辈，于是就把他放了，不斩他的头。和他一谈话，大为高兴，就报告刘邦，刘邦就请他担任管理粮饷的军需官。刘邦并没有发现他有什么特殊与众不同之处。可是韩信好几次跟萧何交谈，萧何十分惊奇韩信之与众不同。

司马子长听我念了两三遍，才确认我所念的正是他在很久很久以前亲手写的，原文是：“滕公奇其言、壮其貌，释而不斩。与语，大悦之，言于上；上拜以为治粟都尉。上未之奇也，信数与萧何语，何奇之。”司马子长认为他写的原文干净利落又简洁，而且更明白。我仔细将文言文和白话文一个字、一个字对照着读了一回，不得不承认他说得对。但是我所要争的，不是古语、今语哪个比较啰唆、哪个比较清晰，我要说的是韩信在刘邦和萧何之间起了某种独特的作用。

要说识人之明，则夏侯婴之拔韩信于死囚之间，语虽寥寥，肤廓简略，仍可以看出史笔：那就是夏侯婴发现了韩信在“言”、“貌”这种表面功夫上的特长——韩信是个有说服力，以及让他人感到有威慑力量的青年。这并不表示韩信有“将才”。司马子长显然也不想强调：除了“奇其言、壮其貌”之外，韩信还有什么值得大书特书的实际内涵。而这正是萧何看上韩信的地方。

萧何自己是大谋略家。刘邦先入关中，《史记·卷五十三·萧相国世家》有一段记载：“沛公至咸阳，诸将皆争走金帛财物之府分之。何独先入收秦丞相御史律令图书藏之。沛公为汉王，以何为丞相。项王与诸侯屠烧咸阳而去。汉王所以具知天下阨塞，户口多少，强弱之处，民所疾苦者，以何具得秦图书也。”

在这一段话之后，如果接着说汉王引兵东定三秦、萧何以丞相之尊“留收巴蜀，填抚谕告，使给军食”是十分顺理成章的。可是当年司马子长不是这样写的。他在叙述了萧何广收天下图书之后，立刻调转笔锋，插进来这么一段：

何进言韩信，汉王以信为大将军，语在《淮阴侯》事中。

不错的——依照时序说来——举荐韩信是在广收天下图书之后才发生的事，然而收图书之后、定三秦之前，汉王与萧何之间还有许多可以记录的事；不此之图，只提举荐韩信的一节，却又虚晃一枪，以“语在《淮阴侯》事中”带过，全然不及于萧何“收图书”与“荐韩信”有什么相关性，以司马子长治史之深刻，笔例之严明，此中岂能没有缘故哉？依照史记源乎《春秋》，屡有“不书”之例可知：萧何必然在“具得秦图书”这件事上广泛地嘉惠了韩信。

换言之：在司马子长自己的叙述之中，韩信所打过的仗看起来多与利用地形地物有关——尤其是对于韩信而言根本陌生的河川；所以在司马子长未曾明说的“暗场”之中，我十分相信韩信只不过是萧何的傀儡，一个影舞者投射在幕上的影子。司马子长勾勒出布幕上惊心动魄的舞姿，并且让千古以来的读史之人相信了这人能够忍辱负重，甚至也因之而相信了唯其能忍辱才得以负重的思维。

在我的想象中，韩信要比“不是将才”更不堪一点。即便事实并没有我想象的那样，萧何月下追韩信的一节也不应该只是传奇故事或戏曲所描绘的那样：有一个慧眼识英雄的谋臣，一眼看出某个溷迹行伍、落落不得志的军官其实是个“自与常人殊”的奇葩。我却相信萧何广收图书与举荐韩信是相互并联的一回事：萧何在月光之下的承诺显然不只有登坛拜将而已，他一定看出来韩信这人“奇言壮貌”之下可塑、可造的材质。“奇言壮貌”只是去打动主子的化妆品，真正有用的利器是韩信能够称职地扮演一个影子的角色。也许他有很强烈的学习动机和能力，也许他掌握讯息迅速确实，起码我们从《史记》的本传上可以看出，司马子长有意将他和刘邦之间的对答、和广武君李左车之间的对答、和范阳辩士蒯通之间的对答当成整个传的主轴。后世的读者可以看出：韩信简直就是在一场又一场的论辩之中逐渐取得军事胜利和政治地位的。

然则也正是月光下的萧何，以他所收罗的天下图书为筹码，用这堆筹码，他向韩信展示了日后夺取天下、一统诸侯的“胜券”。萧何深知韩信充其量是一个演说家；在秦汉之交的演说家，已经不像春秋、战国时代的纵横之士那样便宜好混了，这个时代的演说家需要直接说服的，除了霸业主还有老百姓，而且赖以说服的内容也不只是儒法道墨各家之学的性理高谈——汉文帝不是这样跟张释之说过吗？“卑之，无甚高论。”——正因为能够说服人们的根据已经是需要迫切掌握的实学资料，谁能够为汉兴以来的演说家提供他最需要的讲稿，谁就取得了最大的胜利。

为什么是演说家而非将才呢？我们从汉兴诸功臣的生平来看就一目了然了。樊哙、周勃、灌婴、彭越、英布甚至夏侯婴，这些人里头谁没有显赫的战功呢？论战功，更不能不说曹参了。

在《史记•卷五十三•萧相国世家》里刘邦亲口议定群臣功劳次第时说：“平阳侯曹参身被七十创，攻城略地，功最多，宜第一。”但是关内侯鄂千秋为萧何抱不平时所说的一段话，颇可以验证将才的地位是如何透过一个辩论程序而被贬抑的。对于刘邦而言，将才地位的贬抑，也许是保住皇帝宝座的必要手段之一；但是对于司马子长来说，把“将才”的定义延展、扩充、扭曲成“纵横家之流的一个变形的末裔”，则称得上是一个特殊的史观了吧？

夫曹参虽有野战略地之功，此特一时之事。夫上与楚相距五岁，常失军亡众，逃身遁者数矣。然萧何常从关中遣军补其处，非上所诏令召，而数万众会上之乏绝者数矣。夫汉与楚相守荥阳数年，军无见粮，萧何转漕关中，给食不乏，陛下虽数亡山东，萧何常全关中以待陛下，此万世之功也！

当我缓缓地将这一些杂碎想法一点一滴告诉司马子长的

时候，他并没有显现出什么异常的表情——这一点十分不寻常。固然，我并没有预期他会在这天夜里忽然来访，但是基于对韩信这个历史人物的本相之好奇，我一直感觉到司马子长对于“历史书写”这件事一定有非常不同于我个人的解释。他似乎有意让一个经由他而写定的人物容有一副藏隐起来的身世、面目。也就是说：他总会把他觉得有兴味的历史人物包藏在他要后世读者产生的误会里面。

“如果你不希望《史记》的读者有一个正确的历史认识，以你操纵文笔的能力，何患而不能像我在我这一行一样，变造蜚语，颠倒虚实，凭空杜撰，反正就是无中生有，不也一样能让人们读得津津有味而信以为真吗？”

“仆果欲存真耶？仆向未能也！究天人之际，通古今之变，成一家之言，岂有只字而及于‘存旦夕之真’乎？”

闻听此言，我愣了一下，一时答不上话来，只能嗫着声说：“那么，那么……”

“韩信殆非将才，萧何亦非碌碌，君非小说家者流，而仆亦非太史令矣！”

司马子长和我是同行吗？一个倒错和另一个倒错加起来，会得到正确的理解吗？至少在他那样说着的时候，我对我们俩的行业都觉得尴尬起来。

太原错·张玉姑冤错之狱始末

· 跑了个女儿

这是个怪题目，因为内容怪得难以定题。根据太原地方志的资料的归类命名，也只能称之为“错案之一”，也有称这个真实案例为“太原张玉姑之狱”，那就更不对了：因为张玉姑并未涉案，在这一连串的案子里，她连一秒钟的牢狱之灾都没撞上过——甚至可以这么说：她一辈子也没有进过衙狱。所以宁可换上如今这个题目，与《花田错》相映照，都是淫奔惹的祸。

张玉姑是太原首富张龙田的二女儿。上头有个姐姐金姑，嫁给西门外豪绅，人称“十里大户”的李氏。李大户坐拥千亩良田，可惜财星高、寿星照不到，早早便病倒了，金姑过门不几年便守了寡。李大户亲族稀少，门庭冷落，虽无争产之人，却乏躬耕之力；金姑自己又不懂田事，只好今年三分、明年半亩地卖田维生，打主意卖它个百儿八十年也还足够应付吃穿。是以人称“金寡妇”，反而没去本姓、夫姓，十足是个寡妇了。

玉姑自幼也许了人家，仍是同乡，姓曹。曹家翁这一向在南中做生意，不大返乡。儿子大了些时便接往服贾之处学买卖，一直没上张家来迎娶。玉姑年纪还小时不觉得什么，长到十六七岁以上，有旁人来说亲的了，张龙田就不自在了。到处打听曹家父子下落。不问还好，一问问出个饥荒来，说曹家父子早就客死异乡了。张龙田于是跟女儿商议，看是不是另外许配一家。玉姑说："路上的传言听不得，即便是听了，也不能信；即便是信了，儿已许为曹家媳妇，岂有再嫁之理呢？"

张龙田没有子嗣，正想倚仗着财富赘一个女婿，以延宗祀，哪里会听女儿的？于是立刻请了媒妁，跟同里一户姚姓人家说了，要赘那姚家儿子进门。姚家门槛儿低些，自然是同意的。

眼看连迎娶的日子都订了，忽然曹家那儿子从南方回来了，把张龙田吓了一大跳，再看他行李狼狈，当然要追根究底。一问才明白：他亲家翁在生意上跟人有了纠纷，一场官司打下来，生意也凋零了，身体也闷忿出病来，道途传言对了一半儿：曹家翁果然是死了，遗嘱教儿子来投奔岳父，看看能否早日完婚，筹措一笔银钱，到南方去将父亲的灵榇扶归安葬。在张龙田而言，不免有几分窃喜：幸而他早知毁婚，没有耽误女儿的终身大事，眼前之计，就是如何打发曹家这年轻人滚蛋罢了。

曹家姑爷一进门，就有那眼尖的婢子老媪看见，赶忙向里通报，玉姑一听这消息，当下取出一条三尺白绫来，捉剪子剪断，喜孜孜地跟那断了的绫布说："用不着你了！"当日午后便屏去了左右伺候人等，悄悄来到曹家老宅打门。

曹家子一见闯来个闺女，吓得正想走避，玉姑道："郎君别介！我已经奉了父母之命、凭了媒妁之言，成了郎君的妻室，今日来算不得私奔——由于事出仓促，冒不韪也非得已，郎君不必拘牵礼数，反而误了你我前途。"

曹家子稍稍定了定神，求问来意。玉姑才把张龙田如何惑于道路之言、如何倩媒赘婿、自己又如何准备在迎娶之日悬梁尽节的一番布置都说了，曹家子一如许多章回说部里的公子一般，登时也没了主张，问道："唯今之计，你打算如何呢？"

玉姑答得妙："我是一个妇道，我尽的是从一而终的本分；如今郎君是有家室的人了，该如何谋生计，郎君难道没有主意么？"

"家父曾交手书一封，嘱我：'人情恒以贫富为冷暖，我死之后，你且去投妇翁；渠若迎纳如昔，就将此信毁弃，不用看了。不然，便拆阅详读，依言行事。’这封信，在行李卷子里，我还没拆呢。”

小两口整顿了行李，果然有一封书信，大意是说：交城的县令陈义沛是曹翁的故交，此人风义高尚，可以依托，必不致见弃。老宅灶下埋有白银二十两，可以用为川资，前往交城投靠，以遂仕宦之路。如若功名不能成就，日后再缓图卖宅集资、做做小买卖，以营生理云云。

可眼前急迫的是张龙田随即就会知道女儿跑了，说不得报了官，就要来拿。曹家子和玉姑虽说是自幼定过亲，毕竟还没有完婚，一夕独处，曹家子还是免不了要吃上一场官司，到时问一个挑诱良家妇女的罪名，这婚姻更保不住。玉姑一念及此，当下便道：“非走不可，说走就走了！”

曹家子真还是个没主张的，跟着玉姑折返张家后院儿，偷了两头驴，急鞭催发，趁黄昏闭门之前出了城。

出了西城，放眼一大片无垠的麦田，自然不会有店家市集。投宿无方，曹家子也只有干着急的份儿。倒是玉姑显着笃定，仿佛有个去处似地一径向前走，走出将近十里地去，曹家子才敢问：“咱们、咱们这是上哪儿去？”玉姑且不答话，抬鞭一指，不远处果然荧荧然亮着几盏灯火。走近前细看，沿着一路缓坡而下，还是一大户人家，宅院不小，可就只有一间屋亮着灯。

玉姑又催了两鞭，趋前挝门，里头还真有应声的，是个妇道。

“金姑！是我，玉姑。”

“妹妹怎么来了？”“金寡妇”一边从宅里走院儿来，一边问道：“晌午老媪子来送红柬，说曹家姑爷回来了——你，这是逃出来的？”

“是逃出来的。姚家我怎么能嫁？姐姐你开门罢。”

“曹家姑爷也同你一道么？”

“是啊，姐姐快开门。”

“要是你俩一道，我就不兴许开门了。”“金寡妇”隔着门，急切地道：“妹妹你想罢：要是尽你一个，姐姐容留你一宿，旁人没说的；你俩一道儿，这就是淫奔私遁。爹爹待会儿一定会追找，一追一找，自然先上我这儿来；我既不能不让爹爹进门，又不能妥善藏匿你们俩，到时你们小两口儿成了瓮中之鳖，还是要给提拎回去的，那反倒是我的罪过了。你们快走罢——爹爹要是来，我拖延拖延他，你们倒还走得松快些。”

玉姑想想，觉得金姑顾虑得有理，于是转身走了，曹家子也就跟着走了。

• 扛来个和尚

“金寡妇”顾虑得果然不错，不到一个时辰，张龙田果然报了官，大开城门，先冲西郊“十里大户”故宅来了。同样是下马挝门，金姑慢条斯理地从宅子里应声，张龙田迫不及待地问：“你妹妹来了没有？”

“金寡妇”一样磨磨蹭蹭地打从宅子里趸过庭院，隔着墙答道：“来过了，又同妹婿一块儿走了，我没敢开门，想是爹爹随后就要来的，我既不肯容留，他们扭头便走了。”

张龙田闻听此言，一来余怒不息，益添疑忌；二来看女儿不开门，更觉其中应有隐瞒，遂高声喊道：“我看这俩畜牲就藏在你屋里，快开门，不要多说了！”

“金寡妇”却抗声应道：“你女婿拐着你女儿跑了，不快去追，却硬要迫我开门，这是什么道理呢？”

张龙田越听她这么说，心下越是狐疑，一劲儿不停地用鞭子抽打大门，骂道：“你不开门，我就请官差将你大门卸了去，待捉回那一双畜牲之后，你却怎么管束门户？”

“金寡妇”万般无奈，又拖磨埋怨了好半天，终于将大门开启，让张龙田和两名衙差、几个家仆一起进了宅子。众人分头四散，又搜寻了大半个时辰，当然什么也没找着。回头再上“金寡妇”屋里来，又是一阵逼问，“金寡妇”始终乱以他语，只催迫那俩衙差给个“明理”：夜半强闯民宅，按律当作何处置？衙差给逼得没话说，张龙田也没话说，四下里一片沉寂，但听“金寡妇”跷摇着二郎腿儿的那只脚跟不时地敲打着她屁股底下坐着的那口大箱子。张龙田听着，猛可看一眼“金寡妇”的坐处，回头又见房里还有好几张空椅子，登时悟了——放着好好的椅子你不坐，坐什么衣箱呢？于是大喊来人：“快把这口箱子给我打开！”

“金寡妇”神闲气定地道：“这是我的陪嫁，爹爹也是知道的，凤冠霞帔都在里头，拜堂行礼之后就锁进箱里了。我守了这么几年寡，几时穿戴过？爹爹今日教外人开女儿这衣箱，分明是责备女儿失仪不检，这，女儿可是死也不答应！”这番话说得振振有词，连衙差都避过头去。

张龙田可管不了这么许多，命家仆四边儿四角抓稳了，猛可一吆喝，上了肩，连箱带锁往城里扛回去。不消说，又是十里路。

这一闹，就去了大半夜。张龙田老于世故，遂先发付小赏，遣散了“公人”，回到家还得小心着如何开了那锁，还不许伤着箱子，这又是大半个时辰过去。末了开盖儿一瞧，众人都吓傻了：箱子里居然也无玉姑，也无曹家子，更没有什么凤冠霞帔，却精赤条条蜷缩着一个死了的和尚。

好半晌，张龙田与家人们才缓过气儿来，商议着：该怎么善后？衙差可是亲眼看着咱们把箱子扛回来的，和尚同金姑是个什么关系？他又是如何爬进这箱子里去的？这些都不必细论，单单和尚的一条性命，就得算在张龙田的身上。

正踌躇着，一个平时就聪明伶俐的小厮给出了个主意：既然二小姐跑了，姚家那边该有个交代，何不就说二小姐不肯从嫁，自投于箱，意图躲避，不料就这么把自己给闷死了？为今箱中这死僧生得眉清目秀，只消为他戴上假髻、被以女衣，妆扮成一具女尸，权充二小姐遗体，停尸内堂，立刻请僧众前来唪经超度。一面知会那已经在准备迎娶事宜的姚家，就说事发仓促，但是碍于时辰不利，玉姑的遗体不待黎明就要大殓封棺，家人才得以免祸。这么一来，真相只有金姑知道，金姑又怎么会张扬呢？对于姚家和外间市井来说，这么做还真是一举而两全，掩尽天下人耳目了。主意的确是不坏——上半夜的衙差反而成了下半夜这个死者的旁证了。

只不过出了一个小差错——到四更天左右，棺材里的死者忽然动了动，又动了动，打了个呵欠，还伸拳舒腿一番，正在唪经的僧人大为骇异，哗然惊叫："尸变了！尸变了！"所有在场的僧侣、仆从、婢媪争先恐后地抢入内室，铙钹法器，委弃廊庑，杯盘祭物，狼藉砖石，这可把那死而复活的女装和尚也吓了一大跳，当即狂呼惨嚎，冲门而出。

· 扮上个太爷

说书的有个毛病，说到哪儿了想打住，谁也催不得；说到哪儿了想岔开，谁也拦不住。话说这和尚跑了之后，看似船过水无痕，没有留下一点儿尴尬动静，这闺女私奔之事竟然就平息下来了。姚家那儿子冤了点儿，可是纵然没什么折损，张龙田同"金寡妇"父女亦不敢再有往来——倒是彼此从来不知道对方看穿了自己的什么，也不明白自己究竟看穿了对方什么；这两个不明白，就不必再明白什么了。

且说玉姑和那曹家公子寄身所在的交城县，县令陈义沛的确是个清官儿，也是个好官儿，生平没什么旁的嗜好，就是喜欢推敲刑案，遇有无头沉尸之类，越是让人百思不得其解的案件，他越发有浓厚的兴趣。推案必亲至现场，身着夜行衣靠、头绑束辫巾、腰系青丝绦、足登飞檐靴，看起来就是个戏台上的武生。县里的老百姓一见县太爷这么个打扮儿出衙署，就知道发生重大刑案了，都呼来喝去地说："黄天霸出来了！黄天霸出来了！""黄天霸"指的是陈义沛，县太爷知道了，非但不介意，还挺高兴；一旦出门儿听见人说："黄天霸出来了！"还会朝说话的人点头示意呢。

大约是曹家子和玉姑到交城之后一年多，遇上一桩砍头大事。原来就在一年多以前，大约曹家子还没回到太原的前几天，陈义沛破了一桩大案子，将交城附近一处为患多年的贼窟给破获了，一起手捉住了大伙十二人。这些人都是结拜了的，不肯负义散逃，亡命走遁，于是一条链锁拴一串，统统下狱。之后，解往太原交藩司、臬司复审定谳，全数问了死罪。这十二个兄弟伙得以同年同月同日死，还很高兴，感激陈义沛的成全，还在二司台前大大夸赞了这县官儿几句，说："陈公用兵如神，忽忽不可测，我等伏罪折威，甘心就死。"那年头儿已经不时兴"纵囚归仁"，有贼甘心就死，刑部更省心，又由于十二人奸盗多年，怙悔难赦，随即批了秋后立决，悉数就地正法。

曹家子随陈义沛干上师爷，经过大半年的历练，正逢上这宗斩决大事。东家委他办理此事，还特意地嘱咐他："刑场之上踪迹甚多，你可好生留意。"

"这——"曹师爷不明白什么叫"踪迹甚多"，连忙问道："还请东家明示。"

"寻常百姓欢喜看杀头，不外是平日营生，受尽豪强的欺凌，借着这一刀惨杀，出出怨闷之气。是以枭一二首级，圜睹围观，斗一场热闹，也就罢了。今番连斩一十二人，于百姓来说，虽然称得上是桩难得的盛事，可当年孟老夫子说得好：恻隐之心，人皆有之。倘若连斩一十二人，还能指东划西、品头论足，必非人类；这种人，你要稍加留意。此外，观斩之人各具姿态，皆有自知其辜、不便诉于人，而不得不流露者，你也须细心体察，日后履勘其他案件，必有妙用。"

· 窥见个怪汉

这个提醒似乎让曹师爷很受用，到了行刑那一日，他没有登临高台、陪着陈义沛监斩，反而在刑场旁边儿找了个可以俯瞰全局的楼面一站，一双滴溜溜、骨碌碌的眼睛也不看刽子手和罪囚，却时时地向四面八方围观的百姓一一扫视。这一看，果然看出心得来：

有那么一个汉子，年约四十上下，生得是粗黑壮硕，满面于思。虽说很是魁梧，眉目之间却隐隐然流露着一股畏却瑟缩之气。在数以千计手舞足蹈的百姓当中，可说是别见落寞了。

陈义沛说得确乎不假：刚砍下一二首级之初，人头一落地，老百姓鼓噪如惊鸦，似阵雷，嗷嗷然呼喊者有之、狺狺然嘻笑者有之，砍倒了三四个之后，其声渐悄，形迹稍敛，甚而还有原先抢站前列之人伏地作呕，意态阑珊，似乎腰脚失了气力，不能支持，遂退出人圈之外。再过不多会儿，又走了一大圈儿，仍旧不肯离去的人声音也渐渐萎弱了。复斩一二人，已经有妇女吓得忍禁不住，放声啼哭起来，随即像走避疠鬼瘟神似地仓皇遁逃，这又引得许多老小人等一哄而散。

只那神情十分凄恻的壮汉始终未曾离去。看他双眼凝滞，直视刽子手的大刀，嗒焉若丧魂魄，端的是一头木鸡。他看的这刀倒是有分教：此刀行刑之前，向例要朝白日一迎，有说这是收纳至阳之气，以逆阴寒者。其实行里的人都知道：这样向光审视一番，是得看刀刃豁口儿了也未。只这一迎之时，那壮汉双眼才一眨，随即刻意瞪大了珠子，看刽子手带步旋腰、弓臂推刀，人头便滚将下来了——此际那壮汉居然会伸手向后颈之上摸去，摩挲半圈儿，绕回前颈喉下，才缓缓回过神来，也只一瞬，便又像只木鸡似的了。

曹师爷看着看着，不意片刻之间，人犯竟一脑袋、一脑袋全都伏法了。直到那壮汉也转身离去，眼见要没入人群之中，他才抢忙追上去，尾随于后十数步之遥，走了两三里路，来到一爿酒肆，壮汉进去了，曹师爷当然也跟着进去了。这一路既然跟定，自然要想个法子攀一攀交情——这就看出陈义沛这“黄天霸”平时是怎么传授他那些个推案之术的来。

俩人素昧平生，先上来自然是各据一几而饮。喝着喝着，那壮汉忽然叹起气来——亏得曹师爷乖觉，也随着那人叹了一口大气儿。壮汉回头定睛一打量，是个文士，本来没话，却听这文士接下来同沽酒的跑堂高声说道：“天道有时而穷，今日就是这么个局面！来来来！将我醉死算了——还有那位壮士，你也陪我醉死，我奉送一壶！”说着，真唤过酒保给打了壶酒捧了去。

这戏，曹师爷一连做了两回。壮汉似乎生受不起，也要回敬一壶，曹师爷却拒绝了，一边儿摩挲着颈子，道：“不！

不不不！我这买酒的银子都是不义之财，可我还留着这脖梗儿可以灌酒入肠，该知足啦，不兴许再占人便宜啦！”

话是打从这儿说起的。三数杯之后，曹师爷非要替那壮汉付酒钱不可，俩人才并座同桌，正式攀谈起来。曹师爷当然得先大吐几口积怨，便说自己身为太原某氏赘婿，妻子尚未过门儿，老父已经病死客中，既没有钱可以迎娶，又没有钱可以归葬。可他那未过门儿的妻室却卷了家中值钱的细软，盗驴出奔，跟他一块儿来到这交城，如今生活还算富裕，却连累了岳父——由于是私奔，岳父当然不会认这门亲，又由于盗取财物的是亲生女儿，做岳父的怎么好报官缉拿呢？如此一来，便气出一场大病，快要撒手人寰了。他这为人子、为人婿者，毕竟是读圣贤书的人，读圣贤书，所学何事？竟然还不如今天法场上结义授首的一十二名江洋大盗呢！

这番告白半真半假，咒诅张龙田即将撒手人寰的一节还特别能让曹师爷暗暗解恨罢？但是正因为其中的确有自己寄人篱下、不堪回首的遭遇，说来声泪俱下，连酒保都不免为之动容。那壮汉饮得更是痛快淋漓，似是遇上了难得的知音。

终于迸出一句话来：“天道有时而穷！这话说得太好了，说得太好了。看今天那十二颗人头便知道：天下杀人者自有幸、有不幸，有幸者亡命天涯，不幸者刀头做鬼，说什么天网恢恢，说什么明镜高悬，都是放屁！”

“我岳父要是就这么死了，直是我同拙荆携手逆伦，这等大罪，老天爷怎么还不降祸啊？苍天无眼，我便自个儿醉死罢！”曹师爷哭的多、说的重、喝的少，心眼儿清楚得很，那壮汉果不其然上了当，凑近前，压低声安慰他：

“你这点儿罪过算什么？漫说你岳父还没死呢，就算真是一病不起，也是他老人家的造化；你这样自责自咎，未免太过。要论起苍天无眼来，我身上才背着一宗现成的勾当，还没了结呢——”

曹师爷知道这是个关键了，不能急，也不能缓，得顺着那话头往下捋，一捋、再捋、三捋，这时节，呜呜咽咽一阵低声的啼泣最是有用，那有话憋着想说的人见这厢哭了，反而起了诉说的兴致——陈公办案用过这一套，管用——转念及此，曹师爷伏几而泣；这泣，来得不高不低，倒像是一声声催促的叹息，适足以为壮汉吐露心事的掩护，又不至于打断他倾诉的兴致。

“我杀过一个和尚！尸首扔进井里去了——”壮汉说。

话虽悚人，可当下这曹师爷什么也不能干，只能恁这壮汉自言自语——而他始终没说自己的姓名、出身、里籍和行当。不过，从口音上判断，应该也是太原来的。这两个太原老乡喝了大半夜，喝到连坊市都上了门儿，才依依作别，还真有那么点儿相见恨晚的意思。

陈义沛听曹师爷禀明了这一番交谈，略一思忖，即道："听这人言词语气，杀僧投井之事不是本地的案子。"

"这又怎么说呢？"

"我到交城任事三年，还没喝过泡了和尚的井水。再者，此人心怀惴惴，于死者一定也抱愧不已，虽说是因畏罪逃刑来到此地，其实何尝不是一番羞恶之心呢？羞恶之心既生，杀人者岂敢日日在杀人之处出没？"

• 捉住根□□

当下行文太原，请调阅过往数年间是不是有"死僧、发尸于井"的未决之案。回文没来，倒是来了个退休的老捕头，叫杨七。杨七是在每月例行放告之日一大早到的。太原、交城一例：每月逢三、六、九日放告，可准百姓自行控案。这一天逢着十六，杨七脚程算得准——城开即至，到了地头上，正好饱餐一顿芝麻烧饼配孔水烧茶，打过饱嗝儿走个里许路就上衙门递告，说完了事回头冲太原策健骡缓步慢行，到家还赶得及吃晚饭，可见此人门槛精到的程度了。

杨七亲自来跑一趟，见了陈义沛正要跪，县太爷却离座儿下来了，双手捧执杨七之手，载扶载牵，口称：“杨七爷”，显见敬重非常。旁边儿的差役当然立即给看了上座。杨七也不辞让，气定神闲地说：“大人要的‘死僧、发尸于井’这案子是有的，我就是因为这案子才辞差不干的。”

“杨七爷辞了差，何不到交城来住住？此地风光佳好，水土丰和……”

这一大套叙得旁边儿的曹师爷闷天糊涂，听来全是家常，且这太爷的意思不外就是劝杨七到交城县衙里任事就职，好同他“黄天霸”一起侦办几桩奇案。

在这个题目上，杨七始终乱以他语，直说交城县有陈大人思密如发，料事如神，何须杨七蹭蹬？两人太极推手往来好几个回合，杨七才拉回了正题：

一年之前某日，太原地面儿上的确是有一个僧人死在井里，发尸一验，已经死了一整天了，仵作推看，是前一日黎明时分死的，死因是脑后捱了一利刃，除了前脖梗儿残留着一片皮，喉颈几乎完全切断，可见用力之猛、窾隙之精、刀法之利落了。

原先杨七疑心是刽子手这一行里的人物所为，暗中查察了好几天，不料为某老刽所知，认为杨七这样干，对不住衙门里吃公事饭的贱民。老刽还刻意守着人大骂："你耳目独到，想得起咱们杀头的，怎么想不起市上还有宰牛杀猪的呢？"

杨七之所以查察刽子手，其实还有另一个背景：此辈大多世袭，父子叔侄翁婿郎舅相沿，都是一家子。由于算不得一个正经营生，"奉公杀人"多半只能算是副业，一县之中，大约就是一族之人相互递嬗，所以老刽想要回护的，正是自己的家人。

在刽子这一行里，自有门道。一旦行刑结束，族中先辈同行都来披红挂彩，聘雇鼓乐吹打，再相约痛饮大醉一番，以求除魅。偏偏在太原县城城南驴鼻坊，就有这么一处卖酒浆的小铺，连字号都没有，开铺沽酒的老叟姓莫，人唤"莫甸"、"莫店"，既以之名其人，亦以之名其店。莫叟有个年轻的女儿，名唤春娘，生得十分标致，刽子们杀了人前去喝酒，不杀人也前去喝酒，少不得调弄调弄这闺女，父女俩习以为常，倒也不介意。

井里发出个秃顶上有戒疤的尸首，身上居然穿了套粗布灰衫，短衣短裤，并非僧服。杨七当即将那身衣裤剥了，在县衙前设了个刍像，为之套挂，这是示众召揭，让百姓前来辨认的意思。有个干过刽子的一眼瞧见，说了句闲话："莫甸怎么换了个草包儿脑袋？"杨七于是自以为得计，上莫店一侦伺，又看出蹊跷来：莫春娘居然穿戴了满身琳琳琅琅的首饰。杨七稍一盘问，春娘神色慌张，抢进内室，把一身衣饰换了，再出来，又恢复了粗头垢服。

杨七这便有了底儿，一面穷搜莫店，一面向刽子一族里东寻西问，这便引得老刽不满，上衙中朗声控冤，说杨七扰犯良民。杨七本无所谓，在莫店里当真搜出一整套女子的服饰，看光景，并非春娘所应有，于是拘了莫叟来，微微拷掠，还真问出了点儿名堂。

原来某夜四更时分，莫叟起床操作，刚滤着酒，就听见有人打门，说是行路人难耐饥渴，闻见水酒香，来讨一杯喝。莫叟自己忙活着，叫春娘给开了门，竟然迎进一个华服严装、面貌姣好的女子来；就一点不对劲，这女子脂粉华丽、衣饰光鲜，可偏偏底下是一双没有缠裹的天足，这种"裙下双趺、未作弓样"的脚，在低门小户也许寻常，人称"黄鱼"、"门槛里"、"大脚仙"、"半截美人"的便是。然而如此盛装，却没有缠足，简直不称之极——更何况这大脚仙光着两只船一样的脚巴丫子，连双绣鞋都没穿。春娘给开了门、迎入座，待她仰脸一喝水酒，便看出了破绽——原来这人的下巴颏儿底下鼓凸凸生着个喉结呢！

春娘老于世故，且不戳穿，倒要看他如何作耍。不料几盏甜醪下肚，这扮女装的男人还真露出男相来——上前动手动脚地要讨春娘的便宜，春娘周旋江湖，何等精明？反手脱身，顺势一拉扯，居然把那人顶上的假髻子给拔了下来。戒疤登时露馅儿——他不但是个男人，还是个和尚。

和尚原本看这春娘眼波流意、眉挑传情，还当是艳福逼人，正燥着、热着，没想到春娘是有意戏侮，假髻子在上头给摘了，底下那根□□也教捏住不放，春娘嘴里没闲着，大叫："爹爹来拿贼！"莫叟猛可窜出来，一杆搅和酒水的齐眉棍就捅了过来。

摆平这淫僧不难，该如何善后是个麻烦。酒家不分大小，进门无论僧俗，来者是客，日后说不得还是要迎送的。莫叟也不难为他，道："不把你揪进官里去也成，得给小铺压压惊，大菩萨你看着办罢！"和尚哭丧着个脸，但恨胯下这昂藏蠢物偾事，无可奈何，只得道："小僧身上别无长物，如何能向二位赔礼？"

"他这一身衣物首饰倒是十分好看呢，爹爹。"春娘喜道。

“既然教小女相中了，大菩萨你就脱下来呗！”莫叟指点着，还真逼了这淫僧脱卸下一身华服丽饰——可他一个和尚，赤身露体，没有一丝半缕的遮盖也不是个体面，于是莫叟扔给他一套自己平时穿用的旧衣裈，浑充掩蔽就是了。

莫叟的确供原本到此即止，太原县令也当堂教画了押，可莫叟坚称没有杀人，井僧命案依旧悬而未结。杨七却碰上了另一个麻烦。

原来他开罪了老刽之后，老刽亟思在这个案子上整他一个大冤枉，于是暗地里托人盯梢，看杨七查到什么地步，就尾随而上，跟着侦探一番。这一天衙里传出风声：莫叟大喊冤枉，哭叫着的确没有杀人。老刽得知其情，自然更要替老哥们儿申冤，便自去莫店问讯。见春娘一个人看守门户，侘傺无聊，正漫不经心地把玩着一支簪子。老刽见多识广，一眼看出不寻常来，道：“你那簪子让我瞧瞧。”

春娘连忙将簪子身后藏了，嗔道：“不中不中！前回杨七爷来问我的首饰，随后就家来一气儿都搜光了，只今还剩这簪子，不能再让你们六扇门儿里的公人们便宜了去——不中不中，说什么也不中！”

老刽随即和颜悦色地说道：“你这簪子，是死人头上插戴的。难怪招惹这么些是非呢！你不给我也无妨，径去衙门口击鼓鸣冤也是一样，就说当日和尚那一身穿戴都是殓物，和尚兴许是趁着替人作法事，偷了人家的陪葬，这条人命才算另有缘故，便与莫店无关了。可你春娘前去击鼓，我老人家舍不得——按律大老爷先得治你个扰闹公堂之罪，打你二十板子——教谁给揉揉，也还是疼不是？”

春娘一听这话，赶紧将簪子递给老刽，老刽这便回头进了县衙，说杨七不明事证、不分皂白，简直的草菅人命。县太爷没升堂，却会齐了仵作、官媒、管事甚至门子这一群非官非吏、非士非民，倒对衙门里外和市井上下十分熟稔的人物，自勘一遍莫店里搜来的那一身衣饰，果然都说：的确是陪葬的殓物。杨七是老捕头，把殓物看成真品已经是算失了手眼，坐失机先——只往莫店这一路上查，其实偏离了正道，元凶说不定还真是另有其人，此时已经闻风远遁、逍遥法外了呢。

倒是张龙田家不久之前闹过一场尸变的事，已经传得满城风雨。如今一说起殓物，衙门里这些个蠹虫人物都想到了：外间还在口耳争传着那十分吓人的情景——难道这批殓物会是张家的么？怎么又让个和尚给穿戴着呢？

太原县太爷立刻传了张龙田来，教认一认这些个殓物，是不是当日尸变之前穿戴在二小姐身上的东西？张龙田低下头，这儿瞧一眼、那儿瞧一眼，抬脖子把个脑袋摇得跟拨浪鼓似的，说：“我家门槛非比寻常，这些个破烂玩意儿怎能用在我女儿身上？”

张龙田不认账，谁也没法子。他反正咬定了一个说词：我女儿在众目睽睽之下尸变出走，这是连那班来唪经的和尚都亲眼看见的，怎可诬之为僧？一定是尸体走了一段路之后又仆倒在地，才为这莫叟所劫，至于莫叟的衣服为什么会穿在一个尸发于井的和尚身上，就不是张家门儿的事了。太原县听了这一面之词，也觉得有理，便把莫叟提拎出来，施以三木之刑，莫叟熬刑不过，非但招认杀害僧人的罪行，连带地也招承了劫掠女尸的罪行。

事后观之，这是十分高明的一招。莫叟原先并不知道太原县是个糊涂官，但是人已经押在衙狱里，老命去了半条，该如何应对，也没有人指点。正惶惑之间，狱院门儿开了，从狭窄如拳眼儿般大小的窗洞里可以看见：那告发他受此一难的冤家杨七大步走了来。杨七还真是来找他的。

莫叟见杨七先向狱卒班头使了几两银子——这是狱里的规矩：一旦要使银子说关节，非得当着面儿点清道明不可，这同一般的贿赂公行十分不同，应该是下狱之后处境艰苦，而对公门办事的道义和效率益发要求“一翻两瞪眼”之故。

总之，这逮捕他的人居然亲自来替他买交情，这，教他有些哭笑不得了。

杨七说得十分明白："打从闹出来张龙田这一个枝节，事儿就不同了。是我行事莽撞，对不住莫叟了。只今大老爷是个糊涂虫，看样子，除了动大刑，别的他老人家也不会。唯今之计，您老只有一条险路可走——"说到这儿，杨七示意莫叟附耳上前，他低声嘱咐了几句，随即一抱拳："不如此，不能救命申冤！莫叟，您要信得过我。"

· 想起个屠户

第二天县父母亲自升堂，才上拶指，莫叟就昏死过去，泼水醒来就招了——而且一连两个案子都招了。县太爷高兴得不得了，先将犯人还押，还特意怜恤他老迈，准许还押之后不睡匣床钉板。县太爷自己十分带劲儿地沏了一壶酽茶，濡毫伸纸，洋洋洒洒写了一份判书，着专人递进府衙去。太原一城是首邑，府衙、抚衙都在左进，公文往来得快的话，一天之内巡抚衙门——包括藩台、臬台二司——都会过文了。

这县父母想的是自己破了个漂亮的大案子，不料公文送出半日，杨七却来请辞。县太爷问道："放着好好的差事，为什么不干呢？"

杨七答得爽利："就因为差事是好差事，才不干的。"

"这又是为什么呢？"

"恕小人无礼：小人无眼，大人无心，咱们都不是办这事儿的料。"

县太爷也不是一天两天的县太爷了，教一个老捕头这么羞辱，哪里忍得住，顺手抓起什么混充惊堂木，往桌案上一拍："大胆！"

"老爷！您省省这嗓子罢，日内落了差，指不得还得吆喝着叫卖些物事，以谋生计呢！"

杨七说得一点儿也没错，随即就有风闻从抚署里传出：巡抚大人召集了藩、臬二司，要会衔参革他这个小知县的前程。为什么呢？很简单，莫叟那案子发落得太奇怪了：凶嫌一身担承二罪，是于常理不合的。如果他犯的是劫尸案，就不可能有杀僧案；如果他犯的是杀僧案，就不可能有劫尸案。道理很明白：张家就一口棺，棺中就一口尸；非此即彼，非彼即此，一旦供承犯下了两案，便一定是屈打成招，无辜而认罪，谓之"诬服"；上官倘能明察秋毫，地方官可不就要倒大霉了?

莫叟在县衙一进门的西南角跨院里关押了一年多，案子还是没有个了结，县太爷却教三个顶头上司给参革了。杨七到交城来议事的这天中午，太原来了第二拨人，这一拨来人疾如风、动如火、快马加鞭——竟是抚署的公差，来布达了一句话：着交城县令陈义沛至太原县摄篆，陈义沛居然成了太原县的“老父母”。

杨七在场，当然也听到这消息，向陈义沛道过恭喜，便要告辞。陈义沛奉命署理首县公务，这是前途一片大好的兆头，不过他表现得十分平静，送走了来使，拉着杨七的袖子到一旁低声道：“你且在这儿待一宿，我们谈谈，明日再回太原不迟。”

“谢大人！小人算准了脚程，午后启程，回家天还不黑。可没算准这上差的事，如今署理之命既然到了，小的还更该早一步回去预为布置的才是——循例，明日十七，是太原禁屠之日，还真是个好日子，太爷若是要小人回衙当差，这事非得先办下不可。”说着，凑近前，在陈义沛耳根上嘟囔了好一阵儿。

陈义沛一面听，一面颔首微笑，听罢了也像忽然想起什么似的，回头招过曹师爷来，道：“你那同儿喝酒的朋友，可还访得着踪迹？”

曹师爷眼一亮，揖手答道：“访得着的。”

“访得着是好，可千万别去访！”陈义沛面含微笑，像是怀着满腹机宜地道：“那么就劳烦杨七爷先回太原布置布置罢——而今我奉命署理太原县，若说有什么巴望，就是同杨七爷办它几件像样的案子！”

杨七还要布置些什么呢？

原来这一年过去，他也没闲着，从另一头找着了蛛丝马迹。当初那老刽存心同他为难，曾经说过两句话：“你耳目独到，想得起咱们杀头的，怎么想不起市上还有宰牛杀猪的呢？”事后一想，其实未尝不是个理儿。于是遍按太原县城的屠户一一访过，独有一人，名唤沈二凿的不见踪迹。杨七亲至肆中探访，发现沈二凿的肉铺在驴鼻坊西北角，距莫店不过百十步远近。

杨七头一回来找沈二凿，他婆娘说沈二凿上邻县替个办寿庆的大户杀猪去了。过了十几日再去，那婆娘不记得杨七来过，又说：“上邻县替个办寿庆的大户杀猪去了。”这么巧，就不免蹊跷了。再向邻人们一打听，都说：“这屠户近月以来常在外地干活儿，家中生意都交给徒儿丁四料理。”说时都忍不住笑，杨七才会意过来：所谓的“家中生意”，大概还包括沈二凿那个风情万端的老婆。

什么样的一个人、会因为什么样的一件事，忽然失了踪迹，而他的妻子非但不介意，还要替他遮掩呢？杨七又侦伺、打听了好一阵，发现这丁四也是有家有室的，不过居处在十分偏僻的乡里，几乎不进县城来。丁四也就每个月趁着初三、十七禁屠的两日回家探视探视妻子。妙的是：一到这两日上，沈二凿就露面了。可这沈二凿、他老婆和丁四三人之间并无恶风波，至于家务事底细如何？别说杨七管不着，连县太爷都管不着，形迹尽管可疑，也莫可奈何得很。

另外还有一端：张龙田原先是个极悭吝的市侩，可近一年来成了城中吉祥寺的大施主，为寺僧起造经楼浮屠，捐输了不少香油。而吉祥寺，正是当初招募至张家为玉姑唪经的那一座丛林。

这天傍晚，杨七一进城，先上张龙田家去相邀：次日黄昏署理知县陈大人到县莅任，依陈大人行事惯例，会先出访，见见地方士绅，查探民情厚薄；为免于正式就任之前招摇过市、惊动邻里，便微服在外约聚，地点是城南驴鼻坊莫店。沈二凿的婆娘那儿，也有人前去知会：次日傍晚送一头屠洗洁净的全猪到莫店去。可由于是日全城禁屠，循例须先一日宰杀，清洗之后以谷皮果叶助火蒸熏防腐，次日以蓝布覆盖，送抵买家，这就不算违制。到了十七日晌午，吉祥寺也接了一宗法事：城南驴鼻坊莫店酒肆有个姑娘暴毙于家，要召一班僧众前去唪经，算时辰，起诵应在酉正时分。

第二天黄昏之后，事儿就忙了。张龙田来驴鼻坊见官，已觉不寻常，又是冤家莫甸的酒肆，更觉悚然——可新任知县指名在此约会，岂可违拗？但见杨七在门首相迎，一迎进去，上手坐着个武生打扮的中年男子——不消说，就是外号人称“黄天霸”的陈义沛了。才坐下来寒暄了几句，忽听得坊市口儿传来铙儿钹儿钵儿磬儿的敲击作响，居然是一班为死者唪经的僧众到了，张龙田神色大变，但听上手那武生知县道：“不慌不慌！唪经归唪经，未必就真是死了人的！”不说这个还好，说了更吓得张龙田双膝一软，愣生生跪伏在地，一个字的话也说不上来。这厢门外又来报：“屠户送猪来了。”

陈义沛叫进，一见果然是个粗黑壮硕、满面于思的壮汉，肩背上压着张案板，上覆青布，中间还传出阵阵焦烧谷皮药草的香味儿，不消说，是沈二凿扛着那猪来了。

没提防这“黄天霸”没等屠户把猪放下，猛里问了声：“今日禁屠，你回家来了？”

沈二凿也一凛，好在他在案板底下歪低着个脑袋，也不知道问话的是谁，也没有多思忖话里的意思，还道是街坊相熟，知道他日常出入的习性，便随口答了声："是、是，是昨儿就宰下的。"

陈义沛随即教差役们接过案板往里屋送，送进去，沈二凿正等着发落银两，忽然在唪经声和铙钹钵磬声之间听见了极其尖锐凄厉的一声呐喊，声音是从屋外传来的，一班唪经的僧人登时大乱，慌慌张张向屋里奔逃，法器丢散了一地，众人再一看，门外站着个凤冠霞帔的女子，只长发覆面，不知面目。和尚全给吓得挤进店里来，可里间屋又出了事：几个扛猪进屋的差役原案又扛了出来，跟这沈二凿说了句："猪不对啊！"沈二凿一愣，一面挤蹭上前，一掀青布，一面道："不过就是口猪么，有啥不对的——"话还没说完，手起布落，底下哪里是什么猪呢？原来是一具和尚的刍像，身上还穿着那一身莫叟的灰布衣裈。沈二凿的一双腿也跟着软了，噗通一声，趴在地上，大叫："天道好还、天道好还！"

杨七在此时亢声喝道："太原县署理知县陈大人在此理案哪！"

陈义沛手掌心儿里攥着块小小的惊堂木，此际狠狠朝桌上一拍，先冲那一班和尚道："门口这张家二小姐可是你们唪来的不？"

和尚们哭的哭、叫的叫、发抖的发抖、撒尿的撒尿——

一时都招了：去年张家请去唪经时已经看出棺中之人并非女流，但是张龙田布施富厚，众僧亦“不忍多事”，所以既然说是尸变，竟也就顺水推舟，马虎放过；即令后来出了井僧命案，反正不是吉祥寺出家在籍的和尚，谁也不便重提往事了。

沈二凿杀人的缘故也很单纯：这不知从哪儿冒出来的云水僧是他在老婆的床上给捉住的——那天他出门杀猪，忘了带秤，回家才发觉这僧人正准备同他老婆办好事呢，遂手起一刀，结果了奸夫的性命。陈义沛问道：“捉奸成双，你却怎么只杀了一个呢？”

“彼时小人的老婆说她当路溲尿，不料教这路过的和尚窥伺了，和尚才起意强奸，我老婆本非情愿。”说到这儿，沈二凿忽然狞眉怒目、喃喃自语道：“不如照大人所说的呢——当日若杀了这婆娘，如今也不至于又便宜了丁四哪！”

“不不不！”陈义沛道：“你这话大人我全当没听见——当日扑杀一淫僧，为的是保全家眷，你做得不差！做得不差！”

接着，陈义沛又使劲儿对空击了三掌，伏身对张龙田道：“你且抬头看一看我身边这是什么人？”

张龙田一抬头，老泪充盈，以致模糊迷蒙的眼波之中，竟然荡漾着自己的女儿和女婿的身影。他俩的确就站在县太爷身后——方才就是他们在里间屋将换穿了衣裤的和尚刍像给摆上案板的。

至于门首那女鬼，此时也将长发拨开，露出一张俊俏的、活泼的面孔：她是春娘，一派春风得意——她爹的冤枉这算是洗刷净尽了。

还有，虽说在别的故事里，像“金寡妇”和沈二凿家里的这俩“淫妇”，都讨不了好下场，但是在咱们这儿，她们都不会挨打挨杀，她们是真寂寞，当然要得到真体贴才对。

故事之外的故事

这个《太原错》的故事落幕之际，有一个环节不错，但是与原先主要的案情无关，后事鲜有人提及，唯独在还珠楼主的《蜀山剑侠传·题记》中顺笔带过。这部内容芜杂的《题记》内容应该是还珠楼主在搜集小说材料的时候，为了随时提醒自己应该如何消化材料而做的笔记，其中有一段是这样写的：

“齐鲁双英”前情应以莫匋父女事为本，盖莫春娘遇剑仙事甚奇，不知应先述列否？或应置太原一案不问，径由峨眉山入手，方称简练。

《蜀山剑侠传》最前面的一部分是以侠女李英琼得“紫郢剑”为中心。单从《题记》这一则看来，令还珠楼主踌躇的是，要不要将李英琼的老父李宁的故事写进小说里去，也就是说，要不要将“太原错”一案放在篇首、作为楔子？如果这样做了，无疑能够使人物的背景更因写实性因素的介入而立体起来，但是这样也会让剑仙们出神入化的热闹大打折扣，读者甚至会因为文类的混淆而失去好奇、理解的耐性。更重要的是，作为李英琼的“原型人物”，莫春娘事实上已经是二十岁上下、略识风情的大姑娘家了，与《蜀山剑侠传》一开篇所声称的显然非常不称：

那少女才十二三岁，出落得十分美丽，依在老爹身旁，问长问短，显露出一片天真与孺慕。

妙的是，如果这少女当真只有十二三岁，为什么接下来才不过几百字，这父女遇见的第一个人物周淳却会在“打量着那少女”半晌之后冒出这样的话：

听得江湖上说起侠女李英琼之名，再想不到是自己人。

这个以莫春娘为模型的李英琼究竟是个小孩子？还是位誉满江湖的侠客？在后世的读者看来，应该不难理解：是还珠楼主初开笔，一时失神，在意识的深处还不曾调整好李英琼这个角色“真正的年纪”。

究竟到了什么样的年纪、有了什么样的心理准备，才好遇见剑仙呢？这恐怕是个小说史上极其重要的问题。

剑仙·埋伏在书院里的恐怖分子

剑仙故事向例得从崇文书院说起。要说崇文书院，先抄一段文字，作一点背景说明。第一段是旅游资料：

黄道周的故居是一座古老的平房建筑，为砖瓦石木结构，没有飞檐斗拱，雕梁画栋。数百年来，曾经多次修葺，仍保持朴素大方的风格。故居厅堂中央悬挂着黄道周像，肖像角巾素服、庄重肃穆。据黄家后代说：此像已经留传好多年，作为家传珍贵文物保存下来，以供子孙瞻仰。上撰有楹联："纲常万古谁能偶，节义千秋孰比肩"，横批是"为善最乐"。左边墙上挂着几幅黄道周的书画，其书法质朴藏古，锋凌劲健，字形奇异，风骨峭然。……从黄道周故居，拐道弯，沿青石板小径，行百余米，即临"黄道周纪念馆"。纪念馆坐落在旅游胜地东山风动石景区内，依山望海。据史载，此馆原址就是"崇文书院"，黄先生年幼在此读书。万历七年（1579），发展为社学，改为孔庙。至今尚存有黄道周的手迹。

既然说到黄道周，那就寥寥再抄一小段儿：

黄道周（1585—1646），字幼玄，号石斋，明万历十三年二月初九生于东山深井村，天启二年（1622）进士，官至翰林院编修，吏部、兵部尚书，封武英殿大学士。他是著名的理学家、教育家、天文学家、书法家。历代名人对黄道周都有高度的评价。《明史》赞他："学贯古今，所至学者云集。"明代著名旅行家、地理学家徐霞客称赞他："字画为馆阁第一，文章为国朝第一，人品为海内第一，其学问直接周孔，为古今第一。"乾隆皇帝则说他"不愧一代完人"。

· 赠稿

这一下连徐霞客都登场了，岂能不岔嘴闲说几句徐霞客的事？徐霞客在崇祯九年（1636）作西南之游，崇祯十三年（1640）以重病（两足俱废）返回故乡江苏江阴县，到第二年上，就死了。在这三四年里，他的旧友黄道周已经是当时"复社"的精神领袖，只生活上却十分贫困——他先被贬官，后来又入大狱，在北京牢里备受折磨。徐氏在最后一次的旅行途中，说黄道周在北京"面折廷诤"，得罪了崇祯帝。

等徐霞客回到家中、躺在病床上，自知不起，就叫儿子徐屺到北京给牢里的黄道周送去一件棉衣和自己的游记手稿。徐屺回家向病榻上的父亲报告了和黄道周会面的情况之后，徐霞客“据床浩叹，不食而死”。徐氏死后，黄道周在贬谪的途中曾写信给徐屺，祭奠徐霞客，文中说：“庚辰初冬，拜尊公授衣之惠。知耿耿相念，如将远别，割肝相示者，唯有尊公。”

其实道不远求，台北市就有座奉祀黄道周的庙宇，名曰“晋德宫”，俗称“将军庙”或“黄府将军庙”。庙宇始建于清乾隆年间，琉璃瓦与混凝土结构，具有浓烈的民族风俗。屋檐飞脊，雕梁画栋，壮观肃穆，正殿有黄道周坐像。庙前走廊右旁，树碑立志，镌刻《助顺将军略传》。在淡水、宜兰等地，也都建有黄道周庙，香火鼎盛。据《寺庙志》记载：台湾民众为纪念民族英雄黄道周的节义，在郑成功治理台湾的时候，就已经建庙奉祀了。

黄道周坐牢的时候，流寇已经闹起来。出狱后没过几年，清兵亦大举南下，黄道周领兵北上抗清，终因寡不敌众，战败被俘。先前已然降清的洪承畴在夜间微服劝降。黄道周当即奋笔疾书：“史笔传芳，虽未成名忠可法；洪恩浩荡，不思报国反成仇。”“承畴”与“成仇”同音，黄道周将史可法与洪承畴对比，弄得洪承畴无地自容，惭愧地退了出去。清廷见劝降达不到目的，就决定处死道周，道周早就抱定以身殉国的决心。被害前他给家人留下了遗言："蹈仁不死，履险若夷，有陨自天，舍命不渝。"据说被押赴刑场之时，依然神色自若。

临刑之际，他又裂帛血书："纲常万古，节义千秋，天地知我，家人无忧。"托人交给他的夫人，南向再拜，从容就义。据说，他临刑之时立而不跪，刽子手见他风骨凛然，竟两手发抖，一刀砍下去，脖子断了一半，可黄道周依然屹立不屈。刽子手立即跪下来求道："请先生坐下。"黄道周答了声："诺！"这才向地上盘膝一坐。刽子手补了一刀，身首异处。时黄道周年六十二岁。

崇文书院剑仙的故事都是在黄道周的身后多年才渲染开来的，与这位秉忠守义、杀身尽节的思想家、殉道者无关，但是也有民间传说谓：黄道周根本没有死，那颗斩落的头颅后来被置入匣中，传之九边，不料再打开来看时，竟然变成一个枕头。而黄道周就成了崇文书院附近出没的剑仙的老师傅了。

· 演出

某年崇文书院招进来一个学生，面貌、身形瘦弱，如不胜衣者。来到书院的时候，除了背了个破书笼之外，别无长物。每日晨起，就没了踪影，也没有人能知道他的去处；一俟午夜，人人都知道他毕竟还是回来了，因为鼾息如雷，有声震寰区之势。此人独来独往，与同学交游疏落，亦无特别亲昵的师长。有这么个特异之人，总不免引起大伙儿的议论。有这么一天，众人见他不在，就相与商量起来，定要发一发他的底细。

既然别的什么没有，当然得探一探他那个书笼了。启笼谛视，一本儿书也不见，只有一柄尺许长的短剑，可这书笼一经打开，满室光芒，遍照微末，有人惊呼，有人赞叹，也有的脱口疑道："他，不会是剑仙罢？"

"剑仙"二字一出，大伙儿都心生畏惧起来，赶忙盖上书笼，放归原处，谁也不敢再议论什么了。

一日斜晖挂树，淡月依人，几个学生正在两行杨树底下散步闲话，忽然见那"剑仙"翩然而至。众人异口同声地问道："今天怎么这么早？"

“剑仙”也笑了，道：“我溷迹于各位学友身边，已经好一段时日了，明天准备回乡探视探视老母亲，所以今日早回，检点检点行李。”

诸生闻言相顾，有那好俚戏的，不觉“噗哧”一声笑出来，众人微知其意，也跟着笑了——意思很明白：你老兄不过是一只破竹笼子，还有什么好检点的？那当先笑起来的胆儿也大些，当下问道：“咱们同窗读书，日子也不算短，可你翩然而来、飘然而去，同咱们聚首交游的时辰着实不多，而今说要归省，大伙儿也不好留你；不过，我们却有一事不明，得向老兄台前请教——老兄的书笼里有那么一把宝剑，怎么像是怕人看见的东西？”

“剑仙”点点头，道：“诸位那一天趁我不在，开了我的竹笼，我是早就知道的。之所以不说，就是为了怕惊动大家。我从小粗学了些剑术，又爱到各地寻访名山幽谷，此番到贵书院来，也是看这里山势神峻非凡，才暂时来此栖身一阵。各位都是读书种子，心思应该放在举业上，何必劳智费神，定要察知我这么个世外之人的究竟呢？”

众人立刻纷纷说道：“果然是‘剑仙’！”“果然是‘剑仙’！”先前那胆儿大的又劝道：“人生如转蓬，交臂易失，既然咱们有同舍之谊，敢求一试仙术，让大伙儿开开眼界如何？”

“剑仙”却连连摇手，推辞道：“不行不行！我的道行太浅，不足以示人的。”可众人团团围住，声声催促，一定要“剑仙”试手，无可如何之下，只好取出笼中之剑，指着高处的杨树枝，问诸生道：“就拿这杨树，聊作无益之戏罢！各位待要如何试呢？”

众人寻看了片刻，指着一株高可十丈左右的杨树，道：“就砍下这棵杨树顶上的那根枝子罢。”

“剑仙”应了声：“诺！”众人即见那柄短剑登时脱手射出，直向所指之树顶冲飞而去，剑尖剑尾皆有光晕迸曳，光晕所过之处，竟然咻声作响，飞过树顶之际，剑体倏忽缩聚如丸，径斩最高处的一枝，斩落树枝的同时，剑丸又分别由两端延展复原，端地又是一柄晶莹闪烁的宝剑，此剑循回而下，入手之时，那杨树枝还在半空里飘坠呢。

“剑仙”表演完了，一揖而别，众人也各自回舍，从这一夜起，大伙儿再也没听过那扰人的鼾声了。

· 同学

见识过“剑仙”手段的诸生毕竟是少数，这些人常在学堂里吹嘘那剑仙的本事如何了得，以骄其同门。同门之中倒有那么一个颇不以为然的，姓段，名颀，字修文，是个近乎书呆子一样的人物。他见诸生浮躁，忍不住教训了几个人一顿，说：“‘剑仙’云者，不过是传闻中事，就算彼人练得一身奇术幻法，毕竟还是肉骨凡胎，以‘仙’名之，无乃太过乎？”

亲眼见识过“剑仙”的当然不肯罢休，仍哓哓以争，段修文则正色斥之：“就算那人身怀绝技，也是一套不欲人知的秘术。他若不愿意卖弄，何劳诸君代为宣扬？诸君如此宣扬，岂不尘染仙术乎？再者，那人毕竟还是在诸君面前露了一手，这又岂是修道之人所当为者乎？”然而像这样的事，信者恒信、疑者恒疑；爱者恒爱、嗤者恒嗤，既然辩不出结果，争执就会一直持续下去，直到这些人统统离开书院为止。

离开书院的人十之八九是为了考试。省中乡试得售，次年京中就有礼部主办的会试，一旦连捷，自非等闲。至于当不上进士，甚至连举人资历也混不出一个来的更多，很少有肯回书院再读书的。大多数的同窗友好各奔前程之后，除是官场相逢，另作一番攀认之外，多老死不相往来。

且说这段修文家道不恶，资质也十分秀异，就是考运不佳，从十二岁进学，一年县考得售，取得了秀才的出身，一年之后再赴省垣初试，就铩羽而归了。此后连入四次乡闱，都名落孙山之外，人已经二十五六了。他本人不觉得这是运气不好，只道自己学养不济，落榜之后，便又回书院苦读。后首几年上的同窗竟给他起了两个诨号，叫他“小山长”、“老不举”。“山长”是书院的主持，以此况之，自不无讥讽之意；俗谚“老举”是妓女的别称，话里的轻鄙就更不消说了。

有这么一天，州里秀才的岁考刚结束，段修文一人一驴、一箧一笼径自回书院。牵着驴，行走在山道之上，段修文满脑子想的还是岁考试场上的文字。总觉得在场中神思壅塞，下笔迟滞，题旨不能贯通，文章不能惊人，仅足噬脐浩叹而已。

就这么自怨自艾、踽踽而行之际，不意路边树上飞过来一只鹤，就停在驴背上，驴是个皮蠢肉粗的畜生，浑然无所觉，依旧晃晃悠悠地朝前走。段修文但见那鹤时而昂首、时而屈膝、时而动摇羽翼，仿佛正随着行路的颠簸起舞，意态蹁跹自如，似无入而不自得者。这么看着看着，段修文若有所悟，感觉自己平日作文，正如那负重蹇行的蠢驴，一步一颤，两步一颠，仿佛不胜千钧万石的压迫，更不知前途向何处蜿蜒，只知道后蹄追随前蹄，前蹄步武蹊径，哪里有那鹤的从容自在？这么一感慨，段修文鼻头一酸，忍不住掉下两行泪来，不觉也停住了脚步。那驴，自然也跟着伫立于道旁，而驴背上的鹤略一踟蹰，忽地展翅，冲天而去。

正在这个当儿，身后传来一声叹息。段修文不料山道上居然还有他人，连忙擦干了泪水，回头一看，是个身形粗大壮伟的豪客。那豪客背负一笼，向段修文拱了拱手，道："段兄还在书院苦读啊？"

段修文只道对方十分面熟，偏就想不起在什么地方见过，支吾应了两声，但听那豪客又说："今番岁考得意否？若得一等前列，还可以补个廪生的缺罢？"这正是段修文的伤心之处，摇了摇头，又叹了口气，道："我年年混个'三等如常'，再下一等，还要吃宗师的板子呢！"

豪客道："段兄之不得意，是为了功名不遂呢？还是文章欠佳呢？"

段修文闻言一愣，答道："文章不佳，功名哪得如愿到手？"

豪客道："非也！非也！古人说过：功名、文章固是二事，就如同制义（按：习作下场应试的八股文）、读书固是二事的一般，皆不可混为一谈。”

这话，段修文不是没听过，但是放眼满世界上，有哪个士子会把这种“高论”当真呢？一个读书人不求功名，怎么讨生活？怎么出头地？又怎么扬名声、显父母呢？于是摆了摆手，道：“君非我辈中人，不知这煎熬之苦。”

豪客点点头，道：“是否即如那鹤不知驴之苦呢？”

一听豪客口出此言，段修文可真吓着了。试想：方才观鹤，心念电转，何尝对人言说？这人怎么会知道我想了些什么呢？正待细问，豪客又道：“倘若段兄不嫌小弟粗鄙鲁莽，可容我一试身手，为段兄换一副神智乎？”

段修文悚然道：“神智随身，焉能换得？”

豪客道：“此小术耳，不劳兄烦心——段兄只消告我：究竟是要一副取功名的神智？亦或是成文章的神智？究竟是要一副能制义的神智？亦或是一副可读书的神智？余事就不劳段兄过问了。”

段修文踌躇了片刻，道：“我家素丰，无后顾忧，本当读书、著书，于荒村野屋中会心于学问，以此终身，也无遗憾。偏偏文字不通，四试乡闱而不第，求一出身而不可得，着实心有不甘——”

豪客抢道："小弟明白了。段兄要的是一副能制义、取功名的神智。这个不难！今日约期一年，明年此日，段兄不要出门，就在书院学舍中相待。小弟自有一副上好的神智奉赠。"说罢一揖，眼见就要告别。

段修文连忙问道："尊兄是——"话还没说完，眼前的人影已经不见了，但闻空中传来一阵话语："我即彼一'无乃太过'之人也！"段修文回过神来一想：当年的确讲过"以'仙'名之，无乃太过乎？"的话，而这"无乃太过之人"，可不就是当初身形瘦小、弱不胜衣，却能以剑丸劈下老杨树十丈高枝的那个爱打鼾的同学么？

· 开刀

过了一年，段修文又参与过一次岁考，列在二等，得了宗师一点儿小犒赏，遂于舍中备治了些酒菜，专待"剑仙"的到来。不料月上树梢，已近亥末，"剑仙"仍无踪影。想那江湖中人，毕竟是逍遥四方，天地何其宽广？怎么会记得这么一个偏山僻水之处的小小约会呢？段修文越思越想越伤感，不由得自斟自饮自惆怅起来，最后拈笔伸纸，写了几行文字，顿觉不通，扯烂了；再写几句诗，亦觉无趣，又扯烂了。如此折腾了一番，颇觉昏倦，伏在案上沉沉睡去。正朦胧间，忽觉背脊一凉，低眉斜眼一瞥，见窗户没关上，有罡风刺骨而入，于是强打精神要去关窗，耳边却听见“剑仙”的声音：“别动！”

段修文心下一凛，五内俱滋生出几分暖意——人家“剑仙”毕竟还是念着这一番约会的。既然不让动，便伏首案上，对着桌板道：“‘剑仙’果不食言！”“剑仙”又喝道：“别说话！”段修文纳起闷来：人既然到了，却又不许言语，不叫动弹，这是什么道理？还在犹疑之间，就觉得后脑勺儿上一凉，仿佛有个极大且极重的包袱从顶上摘除了，只这一轻，人就像是敏捷伶俐了许多，止不住想要站起身来，可肩头却又教那“剑仙”按住，无论如何也使不出力气。可也就在这个时候，他眼前一黑，昏死过去。

段修文悠悠醒转过来，窗外的月亮已过中天，室内灯烛尽灭，但凭着插在案上一柄尺许长的短剑照耀，如同白昼一般。再一打量，见那“剑仙”两脚跷在桌上，身躯仰靠在椅子里，像是疲极倦极的模样儿，一手抓着一块扯烂了的字纸，左拼右拼地读看，皱着眉、苦着脸，勉强打着精神。倒是一幕情景吓人：室内遍地是一滩又一滩不知是漆是墨的暗渍，还隐隐传出一阵阵的血腥味儿。

段修文立刻拱手笑道："我以为'剑仙'不来赴约了呢！""剑仙"抬眼瞄了瞄他，道："说过要来，自然是要来的！段兄瞧——小弟不是已经给段兄换了一副神智了么？"说时拿着手上扯烂的字纸朝门边竹笼一指。段修文顺势望去，不觉大惊失色，原来门旁那翻倒的竹笼边儿地上竟搁着一颗血淋淋的人头。

"此子是今科刚由圣上钦点的探花。可惜心性太刻毒，辅以那般聪慧敏捷的神智，将来非遗祸苍生万民不可。小弟略施手段，自京中取此首级前来。没料到半路之上，居然撞见当年迫小弟献技的一个同窗，非要小弟再让他开开眼界不可。小弟无奈，只得将人头示之，咱们那位同窗虽然号称胆大，却不经吓，居然昏死过去了！这一折腾，毕竟耽搁了脚程，小弟同段兄既然有约在先，还是赶来了，倒是迟了会子。"

段修文仍旧浑浑噩噩，不十分明白，接着问道："'剑仙'的意思是——"

"剑仙"笑道："以'仙'名之，无乃太过乎？"随即拿另只手上的破烂字纸又朝桌上的短剑比划了一下，道："要知道：取人以身，修身以道，也就修道以仁了。（按：此语出自《中庸》第二十章）仁之为道者，二人也；你一人，那探花又一人，岂非二人哉？小弟来到此间，段兄已然大醉十分，小弟便使这剑，仰之弥高，钻之弥坚，瞻之在前，忽焉在后，循循然善诱一番；（按：此《论语·子罕第九》颜渊形容孔子之语）就得以‘瀹济漯而注诸海，决汝汉，排淮泗，而注之江’了。（按：此《孟子·滕文公上》之语）如此一来，给段兄换了那探花的神智。这就是所谓‘若有一个臣，断断兮，无他技，其心休休焉，其如有容焉’啦！（按：此《大学·释治国平天下第十》之语）”

拼凑起这番话里所引用的《四书》文字，再用白话文理解一番，我们大约就可以得知事情的真相了：原来这“剑仙”把段修文敲昏之后，给动了个大手术——将他的脑子跟那探花的脑子（神智）换过了——过程有如《聊斋志异·陆判》的情节。

段修文正在不知如何应对之时，便听那“剑仙”摇晃着两手之中的破烂字纸，叹道：“小弟若是先读过段兄这几篇文章，就不必费这番手脚了——以仆视之，段兄这几段时文才堪称杰作呢！莫说那探花比不得，就是今科、上科，哪怕再上几科，普天之下所曾开过的一切之科、所曾取过的一干状元之郎都算上，也不及段兄的文字啊！”

段修文狐疑道："‘剑仙’此话当真吗？”

“剑仙”道："小弟读之再三，居然无一字解得。试看：从京师到此间数千里行脚的疲惫困乏，竟全然消却——像此等深奥文字，岂非天下第一？”

书院的剑仙会使外科手术换脑的毕竟十分罕见，能懂得用八股文解释医理，恐怕更是旷古所未曾有之奇。能教这样的奇人佩服得五体投地，段修文的那两把刷子，还不能称作古往今来八股第一名吗？

故事之外的故事

时至今日，还能有机会到崇文书院参观的人只要出示一纸任何一个学术机构的研究计划申请书，都可以要求书院管理单位特许进入典藏室，亲自翻看当年段修文所写的文稿，这些文稿都是段修文在书院修业期间所撰写的。经过多年的吟哦、回味、修改、诵读，最后以个人收藏的目的定稿抄录，复予封存。

在当时，段修文并不知道这些“天地乃宇宙之乾坤，吾心实中怀之在抱”之类的废话将会在来日成为笑柄，还非常认真地到处请托旧日的同学们为之寻觅雕版印刷的坊局，以冀问世流传。

后来有一部分文稿落入江苏常熟大名士曹容庵之手，曹容庵读之大乐，以为天下最腐朽、至可笑之文莫过于是，于是经常将着这份文稿，几前鞍上，行坐之间，随时朗读个几行，不论是醉醒难解，或者困顿萎靡，但凡翻阅个一篇半篇，精神无不为之大振。然而随身一册，时时舒卷展束，毕竟容易损毁，于是到处打听，想要雇工雕版，印它个百数十份，不论是自备补缺，或者是分赠文苑士林之中的友好，用资笑谑、引以为乐，虽然说要花上几两银钱，在这些个家道殷富、履厚席丰的公子哥儿看来，其实根本不算什么花销。买个风雅的乐儿，怎么说都是值得的。

此事一开始进行得并不顺遂，因为有数的一些私家印坊都顾惜名声，不愿意随便刻印这种有损清誉的文字，最后撞上个江西浮梁县的茶商，还是崇文书院的半个地主，人称孙小员外的，此人原好凑热闹，惯常附庸风雅，镇天价结交些个舞文弄墨之人，张罗诗酒之会。听说曹容庵得了这么一部奇书，想要流行，赶忙供奉了一百斤上好的碧螺春茶以为饼饵，声言：谁愿意雕刷这部文集，除了曹容庵花费的额银之外，还能够得到这一百斤极品好茶的花赏。

未料，就有爱喝好茶的作坊主人风闻而来，日后段修文的一笔臭八股文能够流传至今，还得以成为崇文书院珍藏的研究档案，多亏了这一百斤茶叶。答应雕版印刷的——说出来好叫人吓一大跳——居然是“汲古阁”呢！

小毛公与文曲星：毛晋在乱世中发达的知识产业

说起毛晋，得先从他师傅钱谦益说起。钱谦益这个人，正人君子没有什么好话，即便再爱他的才，羡慕他和柳如是的一段深情仙缘，也会为他先后从从容容侍奉明、清两个王朝而觉得不安。非徒此也，钱谦益还暗中支持江阴黄毓祺打游击，力图恢复明室，郑成功打金陵，钱谦益也曾作诗礼赞："王师横海阵如林，士马奔驰甲仗森。戒备偶然疏壁下，偏师何意隤城阴。凭将按剑申军令，更插韡刀儆士心。野老更阑愁不寐，误听刁斗作秋砧。"说直了，他就是历来朝代交替之际的降族代表，与危素、洪承畴是一等人，史称"贰臣"。但是他学问大、诗文好，而且还是个藏书大家。

钱谦益有个学生，叫毛晋，原本就爱书、藏书，日后受了钱氏绛云楼藏书的影响，更倾家荡产从事刻书、藏书事业——不过他这倾家荡产是准确的投资，一举而下，获利极丰，等刊刻风行之后，回收十分可观。毛晋（1599—1659），原名凤苞，字子九；后易名晋，字子晋。别号潜在、隐湖等，室名绿君亭、汲古阁等，江苏省常熟县昆承湖七星桥（亦名曹家滨）人。毛晋终生刻书，为了刻印图书，鞠躬尽瘁、死而后已。他在刻完《十三经》、《十七史》之后说："回首丁卯至今三十年，卷帙从衡，丹黄纷杂，夏不知暑，冬不知寒，昼不知出户，夜不知掩扉，迄今头颅如雪，目睛如雾。"晚年时他对季子毛扆（音"以"）说："吾缩衣节食，遑遑然以刊书为急务，今板逾十万，亦云多矣。"

• 所藏者何？唯善知识

丁卯，指的是明熹宗天启七年，公元1627—1628年。当时毛家原有几千亩的田产以及十多所质库（当铺），称得上是一方豪富了。是时，穷苦无着的农民迫于生计，四出打家劫舍，成了流寇，他们最痛恨的便是坐拥大批田产却不事耕作的地主和豪商。毛晋恰恰身兼二者，这种累世的富豪穷几代之力所汲汲营营者，多是如何保有和开拓财富。闻听盗警军兴，苦恼得不得了——至少，一部偌大的家产毁在他这一代上，也是无面目见先祖于地下的事。就在这个时代，一僧、一梦以及后来的一丐，经由三次启示，解决了他的问题。

根据严炳《渌川摭波志·毛氏刻书》一则的记载，有个云水僧，于天启六年（丙寅）经过常熟，忽然登门求见。毛晋并没有像寻常财主们一般叫下人打发一顿粥饭蔬食、赏几文青蚨就算了。和尚谈兴颇佳，毛晋也诚心诚意乐得同他说东道西。如此两个时辰过去，眼看又要扰一顿，毛晋也无不怿之色，反而要邀这僧人一同用饭。和尚忽而敛容正色道：“你有多少身家，可以一顿吃了、复吃一顿呢？”

毛晋一时没有意会过来，正要请教，和尚却道：“将家产让了饥民豪客，不过是果腹充肠于一时而已，如何算得了功德？”毛晋此时心知其异，想这僧来得蹊跷，必有不凡之教，遂当下一顶礼，道：“身当乱世，为人子孙，唯愿不辱没先人而已。”那云水僧笑道：“那么为人先祖，就无意庇荫子孙了？”这，在后世看来，不算是句玩笑话。可毛晋一时没想那么多，只伏首道：“不能打算。”云水僧便道：“那么我也只能同你说半截——大乱将至，卷藏是事；所藏者何？唯善知识。”说完，扭头就走了。

善知识，梵语 kalyanamitra，原来指的是良朋、良伴，后来也用来泛指高僧。毛晋是后来自己一边刻书，一边校对，从整理故籍的工作之中长了些见闻，才发现自己当初是误会了云水僧的意思，才走上这一行的。原来“善知识”所指的是人，而不是一种知识。大约是读了《华严经•时回向品八》

之后，毛晋才回想、意识到：云水僧那四句偈语，说穿了就是：在乱世还想保有财产，莫若做个出家人；要不，就是把家产捐给出家人，变为寺产的意思。可是毛晋当时的理解却非如此，照据清钱泳《履园丛话・梦幻》里的叙述：毛晋在一年之内，把几千亩的田产并当铺一起卖了，所得银钱全部用来刻书。果然流寇饥民来到了毛晋这里，非但不大肆劫掠，还敬重他刻书的斯文功德，有的甚至受他的辑抚，成了刻书、印书的工匠徒弟。那正是丙寅年的次年，丁卯。

· 万里购书，流行轮毂

一僧之后是一梦。这个传说，也见于《履园丛话・梦幻》：

初，子晋自祈一梦，梦登明远楼，楼中蟠一龙，口吐双珠，顶光中有一“山”字，仰见两楹悬金书二牌，左曰：“十三经”，右曰：“十七史”。自后时时梦见，至崇祯改元戊辰，忽大悟曰：“龙，即辰也！珠顶露山，即崇字也！”遂于是年誓愿开雕，每年订证经史各一部，其余各种书籍，亦由此而成焉。

毛晋刻本在明末清初的影响是很大的，著名藏书家钱曾称“启、祯年间，汲古之书走天下”，其友夏树芳称“海内悉知有毛氏书”，可见其发达。毛晋本人特别喜欢宋、元旧本之书，大门上长年挂着个牌子：“有以宋椠本至者，门内主人计叶酬钱，每叶出二百。有人以旧抄本至者，每叶出四十。有以时下善本至者，别家出一千，主人出一千二百。”

也称得上是小贰臣的大诗人吴梅村写过一首《汲古阁歌》，中有句云：“嘉隆以后藏书家，天下毗陵与琅琊。整齐旧文收放失，后来好事知谁及。比闻充栋虞山翁，里中又得小毛公，搜求遗逸悬金购，缮写精能镂板工。”毛晋六十大寿的时候，他的朋友们在祝寿诗中亦盛赞毛晋书影响之大，例如杨补诗云：“天下皆传汲古书，石仓未许方充实。购求万里走南北，问奇参秘来相率。隐湖舟楫次如鳞，草堂宾客无虚日。”严炳诗云：“万里购书通尺素，毛板流行若轮毂。”

可见明末清初毛晋刻本享誉海内是不争的事实。据说藏书鼎盛时期多达八万四千余册。他有两个书库，一个叫“汲古阁”，一个叫“目耕楼”。汲古阁专藏宋、元刊及善本书，常见的刊本和抄本、校本则贮于目耕楼。小毛公就一天到晚在汲古阁楼下校书——他一直是生产线上的一环。在那个时代，校对很要紧，老板非自己来不可。

钱谦益死得晚，甚至晚过他这门生，曾替小毛公撰写过墓志铭，说："故于经史全书，勘雠流布，务使学者穷其源流，审其津涉。其他访佚典、搜秘文，皆用以裨辅其正学。于是缥囊缃帙，毛氏之书走天下，而知其标准者或鲜矣。"

据今人曹之《毛晋刻书功过谈》云：有一篇署名"毛扆"的《宣和高丽图经跋》述及："甲申五月从宋中丞借得宋椠本"——显然是从事校书工作。这里"甲申"即崇祯十七年（1644），"宋中丞"当指宋荦，明清两代多称巡抚为中丞，因宋荦曾任江苏巡抚，故名。然而，宋荦任江苏巡抚的时间是康熙三十一年（1692）。宋荦生于崇祯六年（1633），到崇祯十七年，刚满十一岁，怎么可能担任巡抚呢？毛扆生于崇祯十三年（1640）年，到崇祯十七年，刚满四岁，也不可能从事借书、校书活动。因此似可断言，此跋系其他书贾作伪。可见由于当时毛晋刻书影响是极大的，不法书商居然会冒充毛晋，甚至毛扆的名号，以求赝品得售。

曹之先生还考证出另一篇文字，寄名毛扆，也是伪托之作。有毛扆《诗经阐秘跋》云："商丘宋公，博学君子也。每见异书，辄焚香诵读。巡抚江南历十余载，境内名人硕士，无不折节下交。戊子春，来登汲古旧阁，羁留信宿，凡阁中所藏书籍，逐一观览。及展阅魏师《阐秘》，遂击节叹赏，以为名人著作，惜未流通，雅欲捐资购得，商榷付梓。余以吾师手授枕秘，多年不忍废去，且是书之成，历数载苦功，取材富，考核精，即魏氏子孙尚无从寓目。一旦应商丘之请，不且负吾师之传乎！后之人其能善体吾志，世袭藏之，则幸甚幸甚。康熙辛卯汲古后人毛扆季氏跋于此静坐。”

曹之的考证如下：

此跋有两伪：其一，“戊子”即顺治五年（1648），宋荦时年十五岁，尚未长大成人，何来“巡抚”要职？其二，“魏师”即魏冲，魏冲当过毛晋的老师，却没有当过毛扆的老师。按照年龄推算，魏冲死于崇祯十七年，当时毛扆刚刚四岁，四岁之前可能上学吗？此跋动称“吾师”，伪也。书商作伪之目的在于借毛晋、毛扆之名牟取暴利。

此外，毛晋刻书用纸都特别讲究，他称较为肥厚的纸为“毛边纸”，较轻薄的纸为“毛泰纸”，起码到今天为止毛边纸还是一个常用的称呼。要明白这毛边纸、毛泰纸的来历，就得先明白接下来这一丐的故事。

• 一代之人，一代之事

崇祯五年（1632），毛晋刚在大门口挂上那块征求旧刻、善本的牌子。这一天来了个粗犺汉子，背着个大包袱，看外观，是一两床被褥之类的东西，原本不该有什么重量。可大冬天的，一泛潮气，分量就压人了。此人扛着大包袱来到门首，喊道：“闻听人说小毛公出重价收书，收我的不收？”毛晋家的司阍也是读书人，当下请进小门，转入别院廊下，一指包袱，说：“那就烦请拆开来看看罢。”

那人一愣，道：“你是小毛公？”

司阍的笑了，道：“我是看门的。”

“不是说小毛公要买书么？小毛公不来，你来干啥？”

司阍是有眼力的，心想这人不是来闹事的疯子，就是别有用意、要见毛晋一面的异人。该不该让他见，这是后话。起码得先弄清楚他身上带着什么。于是这司阍一拱手，道：“若有金匮石室、风雨名山之书，自然见得着我家主人，但不知你究竟要卖什么书？”

“说给你一个下人，你懂么？”这犺汉想了想，道：“也罢！我就说一遍与你听着：都说古来有五经六艺，六艺五经！诗、书、礼、乐、易、春秋，各经都有书，怎么偏偏这‘乐’之为经，不见其书呢？”

“你这被褥里，藏的是一部——乐书？”司阍不觉要笑，勉强忍住了。可他话还没说完，但听得棉被之中传来一阵悠扬而庄严的音乐。好似有数十百以上的乐师，正从遥远的某处一步一步、有节有序地朝自己走过来。其行步徐舒，鸣击划一，闻之令人心魄荡摇、骨肉觳觫，司阍的笑容就僵在嘴角上了。登时一拱手，算是暂时作别，接着撒开腿便冲里跑去。

毛家不小，过了大约有半个时辰，司阍并没有来回报：究竟是见，是不见？反常得很，倒是小毛公亲自走出来了。他上下一打量这来人，道：“闻听家人说：尊价有一部乐书，要卖予我家？但不知书在何处？索价若干？”

犺汉道：“书就在包袱里，至于索价么，可以极少，我有一疑，总不得解，只消你答得出，这乐书是可以送给你的。要是你小毛公答不出，那么，就算饶上你这一整部家财，也买不起我的书呢！”

“哦？这倒十分有趣，毛子九自负经纶满腹，应该还生受得起这一考较，就请尊价赐告罢。”

“我还是方才那句老话：都说古来有五经六艺，六艺五经！诗、书、礼、乐、易、春秋，各经都有书，怎么偏偏这‘乐’之为经，不见其书呢？”

毛晋笑了，道：“古来有说乐亡于秦火者，有说乐本无书者。”

“那么，你说呢？”

“我没有什么新见解。不过是拾掇前人牙慧——窃以为乐本无经，较似成理。”

“‘乐正，雅、颂各得其所’、‘子在齐闻韶，三月不知肉味’、‘天下有道则礼乐征伐自天子出；天下无道则礼乐征伐自诸侯出’、‘君子三年不为礼，礼必坏；三年不为乐，乐必崩。’既然乐那么要紧，怎么连一部书都没有呢？”说到这儿，被褥里又传出了钟磬合鸣的演奏声。

毛晋一见这情形，知道对方就算不是仙佛菩萨，也是魑魅魍魉，当然不敢怠慢——可也不敢招惹，遂躬身一揖，道：“毛子九浪得虚名，不敢造次议论。”

犺汉猛烈地摇起头来，道：“崩崩崩！坏坏坏！礼崩乐坏到这么个地步啦！人都说曹家滨小毛公多么有学问，多么有见识，于今看来，不过是一介腐儒而已。”

“让我告诉你罢：乐，就如同镜子一般，是映照一时风尚者也。一代人做一代事，故一代人有一代之乐；前代之乐，传之于后代则谬矣。时已易而事又不同，就算是传了，也不过是个形骸、是个肤廓。所以万般皆须有经，必以书册为之，而乐却不能有经；必欲以前世之声传诸后世，反而是胶柱鼓瑟、刻舟求剑而已。你刻书——想过这个道理没有哇？”

一般说起毛晋刻书，总是把他场屋不遂的遭遇说在一道。毛晋十三岁童子试及格，是为诸生，二十六岁时入选为博士弟子员，此后春闱失意，再也不能更上层楼，而落下个发愤藏书、刻书、校书的瘾头。这话是不错，可这犺汉的一席话，其实也起了极大的作用——“一代人做一代事”。这是一个很重要的启发。

· 士子妓女，秘笈风流

在清初，江浙两省的太湖流域，已经是极其发达的印刷工业中心了。不过毛晋的算盘珠子打得很精，他从不做冒险生意，所以刻多少部书发行，都有十分准确的算计。唯有估算精准，才不至于刊刻了一套书，推到市场上却没有足够的买家；或者是有人来搜求，可书版的印制数量不足，发生供不应求的情形。

这毕竟是一个市场经济尚未成熟的时代，更是一个没有普遍读者支持刻书工业的时代，依照原本的经营模式，毛晋绝对有足够的资本搜购任何一部他想要拥有的书，也绝对有能力校刊、发行任何一部他认为应该广为流传的书。但是，他不大可能发财。

然而，毛晋在崇祯六年春天之后，突然一改其常，做了一个重大的决定——他所刊刻的书突然增加了数倍以上的印量。这是因为他开始雇请许多经常往来南北的客商帮忙打探商机：有什么人、需要什么书？请人问这样的事，并不困难，因为读者大都是为数有限的读书人——他们是各省里的举子，他们需要的不只是一套一套的经史丛书，还需要能够简便携带的版本。

此外，还有一种人需要书——非常令毛晋意外的——那就是风尘中讨生活的声妓。她们要读的绝大多数都是诗、词、曲集选本。因为周旋在政客和士子之间讨生活的时候，嫖客们总希望她们也是拥有丰富精神内涵的佳人——像传说中的苏小小、像姜白石身边的小红、像侯方域枕畔的李香君、像钱谦益赚得的柳如是。她们要投资在这些骚人墨客身上的，是自己的才情，而且这样的资本无法和具有竞争性的同业共享；她们必须拥有各自的“秘笈”。

前引严炳的诗：“万里购书通尺素，毛板流行若轮毂。”很有风韵，其实一语双关，背后就有严炳亲身经历的故事，值得顺便一说。

严炳在北通州结识了一个妓女叫“乘鸿”，两人一晌贪欢，别后对方写了无数附带着诗笺的信札给严炳，其中有一首：“花经骤雨事经年，顿老脂痕到梦边。黯淡芳菲莺唤醒，疑君顾曲过窗前。”这首诗哄传一时，士林轰动。其实当时乘鸿一共写了十五首，另十四首大都和催讨一部书——一部据推测是严炳答应送给乘鸿的书《花间集》有关。严炳自然不方便广为传扬，免得被人笑话他小器；嫖了人家，可连一部答应要送的书都舍不得送。其诗稿后来为京中一礼部郎官所得，才让人发现了内情。先抄两首：“为效霓裳瘦绿腰，病酒临池顾影凋。待老花间愁日晚，拍遍霜枫廿四桥。”“相思抱久惯闲抛，漫惹高枝鹊鹊嘲。此豆南来春日发，花间忍待二月交。”

不消细述，这两首八句诗都足用了旧诗词的典故。从白居易的《琵琶行》到李后主的《鹊踏枝》，从王维的《相思》到姜夔的《扬州慢》，字字皆有玄机。随手摭拾来看：严炳前一年北上结识乘鸿，是从扬州出发的，故取《扬州慢》词牌中的“二十四桥仍在”为骨而化之，“鹊鹊”是鹊的叫声，但是前一句的“相思抱久惯闲抛”用的便是《鹊踏枝》“谁道闲情抛弃久”的句意，其精炼如此。而且乘鸿的每一首诗都用了“花间”二字，其讨债功夫也堪称一谑了。她讨的债，不就是严炳自己无意间在祝寿诗中吐露的形迹：“万里购书通尺素，毛板流行若轮毂。”

总而言之，能够在士子和声妓两种人身上发现商机，为毛晋带来可观的利润。一般人都知道他刊刻了许多大部头的经史子集，其实能让他赚进更庞大的家产的是新开发出来的需求和市场。毛晋为什么忽然开窍了？让我们回到那犺汉——他自称叫“边泰”——的身上。这“边泰”是不是他的本名，其实仍应存疑——因为就毛晋而言，这人是个天上掉下来的礼物，是个有奇才异能的活神仙，是个先知——非此世界中人。后来之所以有“毛边纸”、“毛泰纸”，应该就是为了纪念这个人，而没有其他的意思。

· 田夫谢赈，童仆钞书

边泰非但把那一段关于“一代人做一代事”的话说了，还授毛晋以“锦囊三诀”。其一就是“士人声妓欠书读”，其二是“放赈何如教刻书”，其三是“一代人享一代福”。这三句嘱咐据说还真是藏在一个锦囊里。

话说毛晋听完那一段音乐和镜子的训诲之后，立刻收拾起他小毛公的身段，向面前这看起来满身褴褛的客人长揖及地：“敢问尊兄高姓大名？何不进去详谈？”

那人客客气气答了礼，道：“某姓边名泰，来此别无他图，为的就是看你小毛公刻书，有所当为，而无所拓殖，实在得有些个方子。今有锦囊三诀付你，我去之后，可开一诀，你便依言而行，不要违背。十年之后，可开二诀，仍是依言而行，不可拂逆。再过十年，开三诀视之，当有所悟。”

说完虾腰打从地上一把拎起那包袱，举到毛晋眼前，居然登时变成了一只小小的锦囊。毛晋双手恭恭敬敬地接过来，一眨眼，对方竟倏忽失去了踪影。毛晋立刻找来阴阳生，拣了个最近的日子，到城隍庙去烧香，返家之后夜得一梦，梦中“有紫衣朱绶者至，为道缘故，亟言文曲星怜子晋辑轶访失，传衍圣教，是以下临，耑授机宜”。（见陈瑚《笃素居士别传》，按：陈瑚是和毛晋极为亲近的友人，曾为作小传一篇，颇足考信）这段有些神话意味的记载也许不大符合现实经验，但是锦囊中的秘诀可都发挥了作用——至少一部分的作用。

前面已经说过了第一诀的功果。十年之后，也就是崇祯十五年（1642）的时候，两浙一带发大水，乡人饥寒交迫，几难度日，除夕夜那天毛家一家人正团聚着吃年夜饭，毛晋忽然放下酒杯来说：“此夕不知几人当病饥，我不忍独欢笑也。”遂命众家丁开仓放赈。这时，灵光一闪，毛晋忽然想起来，还有两三个时辰就是新年了，也就过了文曲星约定要开第二诀的时间了，遂赶忙找出锦囊，打开，还犹豫着：剩下两诀该选哪一张好呢？转念忖道：既是天意，何须我来安排？随手抽出一张，上写：“放赈何如教刻书”。

毛晋一看就明白了。放赈是救急，不是救穷。如今洪水肆虐，百业萧条，许多原本靠耕作维生的农民可能会投闲置散好一段时间，不如教他们做些和刊刻书籍有关的工作，日后地力恢复，再重操旧业，也不嫌迟。当年苏东坡治理苏州的时候发明过“以工代赈”，创造了新的就业机会，让人在短暂的转业训练之后投入了新的生产和经济体。这“放赈何如教刻书”当然不是教农民都去当雕工，但是汲古阁自此一劫，反而吸收了更多看似廉价，却十分有效率，也十分忠诚的人力。雷起剑有两句诗咏此情景：“行野田夫皆谢赈，入门童仆尽钞书”，可谓写实。

毛晋有五个儿子，长子毛襄、次子毛褒、三子毛衮、四子毛表和幼子毛扆。毛襄和毛衮早夭，毛扆却聪颖慧悟，精敏勤学，不但书读得好，也和他父亲一样，喜欢搜求古籍，能专心致志，从事繁琐艰难的校勘工作——这一点，他做的比毛晋还出色，因为他从小潜心文字训诂声韵考辨，幼学过于其父多矣。

又过了十年，毛晋的长孙出生，文曲星给的第三诀也给打开了，是那句：“一代人享一代福”。毛晋忽有所悟，特别雇请最好的雕工给刻了一方内容包括五十六个字的大印，其中四十八个字是元代的大书法家赵孟頫（松雪）在家藏《梅屋诗稿》卷末所写的跋语，既是赵孟頫告诫子孙的话，也是毛晋惕励子孙的意思：

赵文敏公书卷末云：吾家业儒，辛勤置书，以遗子孙，其志何如。后人不读，将至于鬻，颓其家声，不如禽犊。若归他室，当念斯言，取非其有，毋宁舍旃。

不过，毛晋那一年出生的孙子很给文曲星争气：因为他是个纨绔——他要是不纨绔，就显不出文曲星的料事如神来了——这小孙子后来长大了，很懂得喝茶，也很讲究喝茶，有一次他得到一种极为珍稀的碧螺春茶，又刚好碰上有人送来江苏虞山玉蟹泉的上好山水，这孙子说："既得此茶此水，能无佳木为柴以烹之乎？"

结果他当场叫家人劈了一部毛晋留下来的原版宋刻《四唐人集》的书版当柴烧——至于是哪四位唐人，我不告诉你，说了你不是更气吗？毛家的书也就这么渐渐败光了，一代人享一代的福，说的正是这个理。文曲星，是颗明白星。

故事之外的故事

我对文曲星倒是有个不太寻常的看法。这，得先从文曲星的记载说起。《水浒传》里说："文曲星乃是南衙开封府主龙图阁大学士包拯，武曲星乃是征西夏国大元帅狄青。"可是在典籍上，"文曲"这个字眼最早见于《荀子•正论》："今子宋子严然而好说，聚人徒，立师学，成文曲。然而说不免于以至治为至乱也，岂不过甚矣哉？"清代的王念孙《读书杂志•荀子六》就考证过："文曲"的"曲"是个错字，原文应该是个"典"字。

可是我认为"文曲"的"曲"字不是错字，而是书册的"册"字的异体，指的就是书本儿，因为"典"是供在几子上的书本，其地位之崇隆可知。自古儒家圣贤自凡是用了"典"这个字，所指的都不是泛泛的书，而是悬诸四海可以为天下法的经籍。试问：荀子会用"文典"这样的字眼来描述跟他在学术和教育事业上的死对头"子宋子"吗？

按理说是不可能。有一次我持这意见问起我的师父、历史小说家高阳，还直说王念孙"陋儒，不通"。高阳笑笑，说："你就是文曲星，你说了算。"

我当然心中暗乐，耍了个皮，说："在师父面前，我怎么好意思这么端呢？" 不道高阳还有第二拍，他随即说："'严（俨）然而好说'，满嘴讲不停，这不是你吗？'聚人徒'，一说话就聚众来听，好不热闹，这不是你吗？'立师学'，跑到大学里东兼一堂课、西兼一堂课，这不是你吗？'成文曲'，不管写些什么狗屁倒灶，都想印成书，这不是你吗？还有，'不免于以至治为至乱'，不过是瞎三话四，却教人信以为真，搞得天下大乱，这不是你吗？还有还有，才写了几天小说，就以为自己当得起文曲星了，'岂不过甚矣哉？'——这说的还不是你吗？那我还真不知道说的是谁呢！"

说到这儿，高阳拍了拍他随身携带的一只旧皮箱——不消说，里头当然是文稿——叹了口气："你要算是文曲星的话，我怎么到现在还只是个自封的野翰林呢？"

科名还是要的好·

迎合考场价值的传奇故事

宋代十分著名的笔记——范公偁所著的《过庭录》——里头有这么一条："吴人孙山，滑稽才子也。赴举他郡，乡人托以子偕往。乡人子失意，山缀榜末，先归。乡人问其子得失，山曰：'解名尽处是孙山，贤郎更在孙山外'。"这是个近千年以前的小故事，没有什么动人的情节，也没有什么深刻的情感，可它竟真的流传了上千年。"名落孙山"还成了各个时代童子老媪都能解会其义的四字成语。为什么呢？

因为科考是社会阶级唯一的流通机制，人人都想着这活儿——连不读书的人也想。

· 剥夺这人，授与那人

《清稗类钞·门阀类》里有一则记载：灌阳唐景嵩、唐景崇、唐景崶三兄弟先后在同治年间考取了进士，也都在殿试中成绩斐然，点中了翰林，算是功名难得了。可是三兄弟的父亲唐懋功是个举人出身，从来没有通过礼部的会试、更上层楼。老头儿每试一场，就要发一顿脾气。听人夸赞他有子“跨灶”，更会认为人家有意讥讽，怒急攻心之下，还会动手。每到考期将至，唐懋功都要搬张椅子坐在大门口，拦阻儿子们应聘去阅卷：他怕他们去了，这一科做父亲的就得回避，就失去一次应考的机会了——迁延一次，再等大比之期，又得三年，老头儿可是等不及的。

殊不料人算未若天算，忽然有一年，上谕下来，封了唐懋功的官诰——这当然都是因为三个儿子任官称职所致。可是，按照大清律例：凡是荣膺诰命的人，就不得再参加乡试、会试之类的国家考试。赢得一副官诰——在唐懋功而言——反而是彻底断送他老人家挣一身功名的机会。此老盛怒之下，抄起门闩，见了儿子就打，吓得三位翰林窜入邻宅躲避，久久不敢回家。可见中国人的“功名观”不只是得到什么样的荣华富贵就满足了，这一套行之既久的考试制度也不会因为某一种考铨的方法改变了，就有了革新甚或革命的机会。

唐宣宗喜欢用进士出身的人做官，对明经出身的则总是睐以白眼。每于接见朝臣之际殷殷垂询：“登第否？”如果回奏是进士及第，宣宗还会很高兴地追问其人：当初考官是谁？考题如何？应考者又是怎么答的卷子？有的臣子不是进士出身，皇帝就会叹息良久，好像这臣子犯了什么不大得体的错似的。有个知名的文士田询有一次代替仆射郑光写奏疏，宣宗看了大表赞赏，想封他做翰林学士，可当朝一问，发现田询没有科名，皇帝又叹起气来，终田询一生，没放着一个像样的官职。

不论用什么方式拣选甄别出“够资格进一步受教育的人才”或者是“够资格在国家机器中任官的人才”，都是巧立名目而已。其本质就是“在剥夺了一部分人某一机会的同时，将这机会授予另外的一部分人”，没什么更了不起的道理。这种剥夺和授予既属本质，就不会因为人处身封建王朝八股取士的时代，还是民主共和自由竞争的时代而有所差别。考试之所以成立，本来就是为了让有限的人成为这个社会里的塔顶、塔尖，——一个不断将过剩的人口从得以分配较多社会资源的场域驱逐、淘汰的游戏。除非我们彻底不要建构一个成天到晚讲究发展、进步、竞争力、追求卓越等夸夸其谈之目标的社会，否则根本抛不开也舍不得抛开那种透过考试而建立的种种生命价值。

身陷于八股制艺之学的老古人对此并非没有自觉，也正因为觉得人生不应该只有赢得考试的价值，或者不应该将赢得某次、某种考试的价值放得特别重、特别大，才会不断地在原先的考试基础上一而再、再而三地作“微调”，广征辟、召鸿博、开恩科，到最后还是不免于考出不适任的官，或者是不通书的人。另一方面，仿佛“检验学习成果”这件事是自证自明就得以成立的——考，并不是一个手段，而是一个目的。已经通过了考试的既得利益者也会很无奈，一定是他们发明出这样两句话的：“先考功名，再做学问。”

· 先考功名，再做学问

“先考功名，再做学问”使举办考试和参加考试的人的本来面目都露出来了，原来动机是动机，实践是实践，考试和求取知识（不论那是有用或有趣，还是无用或无趣的知识）根本可以解离。

这个解离会不会危及一个社会累积其客观知识的文明进程呢？这得分两面来说：社会究竟是把“功名”当作整体文明进程的指标，还是把“学问”当作整体文明进程的指标？国家机器如果不断地向它的人民召唤、诱使、呼吁，不断地强调：这个社会必须透过公平的考试来评定人民的就学和就业机会，那么，不管考试的门槛降得多么低，也遑论这考试的面向变得多么多元，客观知识都只会是猎取“功名”的敲门砖。因为那个“将过剩的人口从得以分配较多社会资源的场域驱逐、淘汰”的游戏本质并没有改变。

好了，倘或一个社会是愿意将“学问”当作整体文明进程的指标呢？对不起！截至目前为止，尚未真正出现过这样的社会。道理很简单：因为这条路没有办法“将过剩的人口从得以分配较多社会资源的场域中驱逐、淘汰”。

显然，无论在哪一个朝代的现实，似乎都免不了屈从于“先考功名，再做学问”了——千万别被自己骗过去，所谓“先”云者、“后”云者，其实就是“只”云者、“不”云者之意。

清蒲松龄《聊斋志异•卷十一•于去恶》借着个鬼的一张嘴，说起冥司也要考试的事，冥司的考试在每年七月中举行，目的就是不要让人“一试定终身”，要随时检验学习成果：“此上帝慎重之意，无论乌吏鳖官，皆考之，能文者以内帘用，不通者不得与焉。盖阴之有诸神，犹阳之有守令也。得志诸公，目不睹坟典，不过少年持敲门砖，猎取功名，门既开则弃去，再司簿书十年，即文学士胸中尚有字耶？阳世所以陋劣幸进，而英雄失志者，唯少此一考耳！”

所以问题不在废除某种考试制度，或者恢复某种考试制度的正当性如何，而是国家依赖考试制度发掘个人资质的手段过于拙劣，这种往往失之于因陋就简、削足适履的考铨所能改头换面的部分非常有限，往往刻舟求剑，治丝益棼，到后来只好乞灵于增加考试频率、变换考试形式、目的，甚至还经常是在掩饰考试的本质——那个淘汰的本质。

然则所谓英雄、所谓陋劣，看来应该有别。如此一来，阴间阳间没什么两样，自凡是迎合了考试所认可的价值，便取得了驱逐他者的权力。这是教改改不了的一点。老百姓总会在不能认识客观知识的真实价值之时惶惶不安地说："科名还是要的好。"

还有个士子，叫孙山麓，会稽人氏，屡试不中，发现是名字不佳。他暗自琢磨了半天，总觉得这名字可能是在孙山外侧的一麓。当时正逢咸丰登基，又加开恩科庆祝，孙某遂改名"孙庆咸"。但是这更名报考，只有主司学政的官署文书中有记录。平日相处多少年的乡里戚友、亲故眷奴等人都还不知道呢。这一科礼部会考完卷，孙某文章得意，自觉很有希望夺魁。待揭榜那天，便差遣仆人去看黄榜，自己在下处秉烛等候。同寓馆的人已然纷纷报捷了，偏就这孙某的仆人始终没消息。好容易回来了，孙某又急、又气，还非得忍住不可，憋足了劲儿问了声："如何？"那仆人面露愁容，只不作声。孙某又问："那么会元是谁？"仆人道："也姓孙，可名字叫'庆咸'。"孙某一听，欢呼雀跃，馆舍里其他应试候榜的举子们这会儿可都听见他叫唤些什么了——他指着那仆人高声说："王八蛋！就是我呀！"

· 当局者哭，旁观者笑

这样苦读偶成的故事会令人神丧气沮吗？《聊斋志异·卷十六·王子安》描述科举苦况，说：

秀才入闱，有七似焉：初入时，白足提篮，似丐。唱名时，官喝隶骂，似囚。其归号舍也，孔孔伸头、房房露脚，似秋末之冷蜂。其出闱场也，神情惝恍，天地异色，似出笼之病鸟。迨望报也，草木皆惊，梦想亦幻——时作一得志想，则顷刻而楼阁俱成，作一失意想，则瞬息而骸骨已朽——此际行坐难安，则似被絷之猱。忽然飞骑传入，报条无我，此时神情猝变，嗒然若死，则似饵毒之蝇，弄之亦不觉也。初失志，心灰意败，大骂司衡无目，笔墨无灵，势必举案头物而尽炬之；炬之不已，而碎踏之；踏之不已，而投之浊流。从此披发入山，面向石壁，再有以“且夫”、“尝谓”文进我者，定当操戈逐之。无何，日渐远、气渐平、技又渐痒；遂似破卵之鸠，只得衔木营巢，从新另抱矣。如此情状，当局者痛哭欲死，而自旁观者视之，其可笑孰甚焉？

科举八股自明迄清，所谓：“坑陷天下聪明材力之士，几六百年。”此言诚不虚。

科举神话包罗万象，不外是三更灯火五更鸡，一举成名天下知。这个神话不断延伸，还可以加入各种俗情轇轕、世态炎凉，转成道德教训，以安天下士子之心。其中湖北武昌陈銮的故事尤其是一大宗。这个故事，高阳写过两次，其一收录在他的《鸳鸯谱之二：小红拂》小说中，其二记录于《大故事》一书《状元的故事》里。

· 隆仪奉璧，退亲如命

嘉庆二十五年庚辰（1820），殿试第三名探花叫陈銮，字芝楣，湖北武昌人。陈銮的父亲原先在江宁（现在的南京）替一个盐商做账房，陈芝楣十八岁那年中了秀才，到江宁省亲，盐商东家姓查——由于家赀巨万，号称“查百万”。这查百万是个饱经世故的势利鬼，一见陈芝楣仪表出众、吐属不凡，就主动向账房先生议亲，要收陈芝楣作女婿。陈家爹当然一口答应了。孰料造化弄人，到第二年上，这账房先生得了一场急病，说死就死了。这是嘉庆二十年的事。

陈芝楣扶榇归里，庐墓而居，守制三年，到嘉庆二十四年初才算满期，依律可以应考了。可是三年服丧期间，仅有的一点点家产都吃光了，即便秋闱得意，一试而捷，却没有足够的盘川进京赶赴来年春天礼部的会试，如此一来，空有举人的资格，前途依旧茫然。陈芝楣转念一想，只好从武昌搭粮船下江宁，向岳父告贷。

查百万是个将本求利的商人，虽说四年前看他陈芝楣新科秀才、宰相根苗，器宇的确出众，这才与陈家互换了子女庚帖，约成婚姻。可这几年下来，两家互不通音信，更没有往来，如今看这陈芝楣如此落魄，怎么也不像是有出息的模样，哪里还肯践履前约呢?

但是有钱人有个心思，就是“一买天下无难事”。查百万听说陈芝楣到了，人还住在客栈里，于是托辞有事不见，先推宕了他几日；算计着这女婿旅费无着，一定窘急失措，再差人到旅社之中致送了一张千两的银票，以及书写着陈芝楣年籍生辰的庚帖。

这意思就再明白不过了：要钱没问题，可条件是之前议定的婚约就此作罢。陈芝楣一见庚帖，自然领会，他毕竟也是一身傲骨倔性，当场对来人道："贵府千金的庚帖我没带着——这样罢，我立个字据，就请这么回复贵上罢。"当下研墨濡毫，在封银票的红纸套上写了八个字"隆仪奉璧，退亲如命"，底下的具名当然是少不了的"江夏陈銮"。

在《状元的故事》里，高阳所叙述的后情是陈芝楣巧遇钓鱼巷的名妓李小红，李小红一眼看出他"憔悴之中有英爽之气，一念怜才，将他请了进去，细问因何落拓如此？陈芝楣据实相告，李小红动了侠义之心，送他五百两银子，劝他赶紧回武昌应试。"

而在《鸳鸯谱》中，除了描述陈芝楣于侘傺无聊之际走访钓鱼巷，还有一段金蝉脱壳住白店的细节。至于明明身上没有钱，怎么还会生出"坐困愁城，莫要闷出病来！不如到花街柳巷走走"的念头？倘或以坐困愁城的人情之常去揣度陈芝楣当下的处境与心境，他是根本不可能有闲钱、有兴致去逛钓鱼巷的。不逛钓鱼巷，就碰不上李小红，日后也就留不下这样一段探花娶名妓的佳话。于故闻史实而言，佳话既然斑斑可考，就应该有个说头。

关于这一点，我在一次高阳请我喝酒的场合上亲口问过他，他支吾了半天，说："当年我写《鸳鸯谱》的时候，也曾经想过这个问题，所以在故事里留下了一条草蛇灰线——"

高阳说的"草蛇灰线"是这样的：嘉庆二十四年七月间，各省乡试还有一个多月就要举行了，陈芝楣钱借不到，原本还是应该赶回湖北去应考。另一方面，江苏省乡试也要考，作为考场的贡院隔着一条秦淮河与妓街遥遥相对，每届考期，稍稍体面些的士子自然会赁居河房，品赏品赏秦淮风月。

《鸳鸯谱之二：小红拂》如此写道："试期还有一个多月，赶考的举子却已络绎而至；一个个意气如云，为了预酬'场屋'之苦，正好趁囊中富裕的时候，选歌征色，先成就一段才子风流的名色。"在这个背景下，寄宿于逆旅之中的陈芝楣有一天忽然接到一封请柬——

"只见一笔极漂亮的'灵飞经小楷'，写的是：'七夕未刻买舟候教'，下面具名'溧阳史仲怡拜手'。

"陈銮倒懂这方面的规矩，'买舟'之舟指秦淮画舫，是史仲怡请吃花酒。一则无此闲心情；二则要一笔开销，唯有‘不扰’。

“于是他也取了张红笺，写上‘辞谢’二字，具了姓名，封入原来的封套，连同请柬一并退还，另外取了二百钱作为‘敬使’的‘赏力’。”

这三段之后，才冒出一段“这倒提醒了他，坐困愁城，莫要闷出病来！不如到花街柳巷走走”。怪哉怪哉！有人请客，他“无此闲心情”，又怕“要一笔开销”，可是自己却怕“闷出病来”，而决定“到花街柳巷走走”——这不是太不合常情了么?

我这样追问于高阳的时候，心中其实充满忐忑，生怕他一翻脸，不付酒钱，我到哪里考证我的“李小红”去?

· 才子不考，佳人不老

高阳果然有些不怿之色，说：“一篇小说最要紧的是故事里的主角人物性格要分明，不能模糊；次要紧的是情节要约束，不可以横生枝节——如果要横生枝节，那一定是这枝节有大用处。我要是把陈銮和史仲怡那一段枝节写进去，主角人物的性格就破坏了；这才子佳人的故事主旨就模糊掉了。毕竟，陈銮是怎么去嫖妓的这不重要的嘛！”

原先这陈芝楣和李小红的故事的确很单纯，也很离奇：李小红看上陈芝楣之后，非但以身相许，还送了他五百两银子，劝他赶紧回乡应试；自己则杜门谢客，专心一意地等待有情郎连捷之后，前来迎娶。她为什么会对自己的眼光如此有把握？俗话说：才子不考，佳人不老，意思是说：无论这读书人是否真有学问、得以大魁天下，只消他在温柔乡中流连不去，对于妓家红粉，就不容易嫌厌；可一旦放出门去考了，无论文章能否中试，这贪欢爱恋的景况一旦褪色，就很难恢复旧情了。

但是，在高阳的故事里，陈芝楣大是不同。这一年他秋闱得意，第二年春天又进京参加会试，连捷中了探花。同年——也就是嘉庆二十五年——七月，嘉庆崩于热河，皇二子智亲王即位，明年改元道光。

道光二年壬午，又逢着大比之年，陈芝楣放了浙江主考。这时盐商查百万追悔莫及，他的女儿更是抑郁终日，怅惘莫名。一听说陈芝楣成了一省的衡文领袖，只越发觉得羞惭无地，竟然病死了。

在《大故事•状元的故事》里，高阳如此写道：

“于是有人替他（按：指盐商查百万）出了个主意，说秦淮名妓李小红杜门谢客，正等待陈芝楣来娶她，不妨为小红脱籍，认作义女，通知陈芝楣来迎娶，复为翁婿如初。盐商如言照办，将小红从钓鱼巷接到家里当小姐。

“及至陈芝楣在杭州出闱，媒人已经等在主考官公馆外面了，自然一说即成；盐商备了一副值十万两银子的妆奁，将小红嫁给了探花郎。

“于是陈芝楣具折请假，在江宁成婚。满月回京销假，又将老母接到京里奉养；小红克尽妇道，一年以后生了个白胖儿子。

“李小红交了一步帮夫运，陈芝楣的官运，一帆风顺，道光五年外放松江知府，自此扶摇直上，由府道至监司，升巡抚，署总督。道光十九年三月，小红到江宁时，已是起居八座的一品夫人了。

“这年己亥乡试，陈芝楣以监临入闱；中秋那天，小红重游钓鱼巷，遍访旧识，昔日手帕交至今仍有不曾从良的，小红为之一一脱籍，择年轻未娶的‘戈什哈’为之婚配，总计二十一人之多。”

即便是那么令人欢欣鼓舞的故事，我还是觉得疑窦丛生——为什么陈芝楣敢穷途嫖妓？为什么李小红肯孤注一掷？

难道这都跟那“草蛇灰线”的史仲怡有关吗？

“溧阳史仲怡拜手”，凭这七个字，我能知道些什么？溧阳，一个美丽的茶乡。此地属太湖流域，位于苏、浙、皖三省交界处，属长江三角洲上海经济开发带，半是丘陵半是圩区，自古就是最佳的茶乡。此地所产的茶叶有寿眉、翠柏、碧螺春、青锋、桂茗等五大系列。

话说回头：高阳有一天急电招我进城陪他喝酒，数巡已过，忽然请他的红粉知己吴菊芬小姐（时为该夜店经理）拿出一只旧皮箱来，说：有一年农历除夕，他身边没有家人陪伴，倍感寂寥，随身带着这只皮箱，就是不肯独自回到居处。如此流落街头，实在不成滋味。于是一狠心，叫车直驱一家五星级饭店，要了一间豪华套房。当时那皮箱里装的东西，不过是三数本书、一叠联合报的稿纸、几支原子笔，全是写稿必备之物。一个年三天下来，算是过完了，稿纸涂满，随即赴报社交差，可却把皮箱扔在饭店房间里了。服务人员依高阳填留的资料致电请来领回失物，可是糊涂的高阳留下来的联络电话却少了一码，无可如何之下，只好翻捡皮箱，里头恰有一张某夜店经理的名片，这经理当然就是吴菊芬小姐了。吴小姐即刻跑了一趟，替高阳领回失物，再通知高阳去拿的时候，高阳居然说："就搁在你那里罢。"如此大半年，直到秋高蟹肥之日，那一年的九月十六日——正是联合报社庆——也就是他找我喝酒的那天，才当着我的面重新开箱。从箱里拿出了一本书：丁梧庵的《秦淮杂志》。

"这本书里，有你想知道的事。"高阳说完这话，把书递给我，意思当然不是要我在那样昏暗的灯光底下翻看；换言之，书就算借给我了，直到他过世，我都没还。

直到今天，秦淮河都还是观光景点，沿夫子庙秦淮河为轴线的河厅、河房，北岸东起永安商场，西至魁光阁，是一条长约一华里的长廊。河南岸在今天也仿古制古意，建成了凌驾于河面之上的水阁河房，在泮池南岸还有一面长达一百一十公尺的红墙照壁，泮池北岸也在上世纪八十年代中期新建了码头、石栏，站在文德桥上，两岸河房鳞次栉比，加之有水中倒影蹁跹点染，煞是好看。这里，就是从前妓家投资士子的金融圈。

· 落魄江湖，回首烟波

依据《秦淮杂志》模糊的记载，我们只知道梧庵是作者的号，书题下的款识是“梧庵老人”。书中自言姓丁，山东日照人，嘉庆丁丑年（1817）进士。写《秦淮杂志》的年代不详，但是可以推知书中所描述的是他游历江宁、苏州、杭州各地青楼的一个旅游回忆之作，其中秦淮河房风情占了将近四分之三，故以之名书。这本书所记皆风月场中酬酢往来，兼及诗文唱和与雅士交游吐属，和余怀的《板桥杂记》颇有异曲同工之妙。

其中有这么几段：

“溧阳史君仲怡，朗朗有奇节。史君世业茶，家巨万，负才不羁，常敝衣跛履行歌市上，旁若无人。每值文墨超逸、器宇不群者，则置酒高会，一掷千金，与共唱和。己卯（按：1819，即嘉庆二十四年）七夕，买舟河上，以五百金为河房李氏赎身，指江夏陈銮芝楣为偶，令谢客。且云：‘此子坎壈不凡，旦夕有佳会，宜姑待之。’

“李氏字小红，娉婷娟好，肌肤玉雪。嗜洁好静，能鼓琴清歌，略涉文墨，姿态极冶丽，而举止风韵，绰似大家。

性温和，词爽雅，无抹脂障袖习气。有小诗不凡，予默志之，以为佳人留鸿爪，词云：‘落魄江湖冷巷居，云鬟犹向水边梳。几茎吟断羞郎语，竟作东流别意书。’迭荡瑰奇，典雅婉约，犹在牧斋《金陵杂题》之上。

“后芝楣果连捷，壬午乡试主司浙闱。先是，有鹾商查氏号百万者，曾悔姻约于芝楣，女仍未字，闻报，噬脐死。仲怡谓查某曰：‘公老而无子，百年后家赀岂不为豪奴蠹吏尽夺耶？我为公计，宜复江夏之约。’查某憾愧不能言，唯唯而已。仲怡遂代筹之；迎李氏，收为螟蛉，妆奁十万金。李氏脱籍三日归芝楣，而乃诰封一品，称夫人，遇亦奇哉！”

如果故事照着丁梧庵的回忆来写，焦点的确就变成史仲怡“颇有识人之明”，但也不过如此而已了。然而科举神话所要包裹搜罗的却不是这种东西，它要的是一种对于科考核心价值更精密而巩固的信仰。

我的师傅高阳是这个核心价值的信仰者，所以丁梧庵的一面之词他并不能采用——倘若采用，故事里有知人之明、赠金之识的英雄就是史仲怡，而非李小红，李小红这样一位具有典型性的佳人（书中自有颜如玉）就不能成为科举神话殿堂里的一根梁柱了。不过，容我们倒过来看：丁梧庵所要传达的本貌原相是什么？看来李氏是秦淮河畔红极一时的“清倌人”，而且名字不传，表示未必叫小红——小红很可能是到了高阳手里给捏塑出来的。

“小红”，有两个可考的典故。一个当然就是“小红拂”，高阳在《鸳鸯谱》中也借由陈芝楣和小红的对话，点出了后者要效法红拂夜奔、投靠她心目中的真英雄李靖。另一个典故就是宋代诗人范成大养的家妓，就叫小红。

元代人陆友《砚北杂志·卷下》：

小红，顺阳公（按：即范成大）青衣也，有色艺。顺阳公之请老，姜尧章（按：即词家姜白石）诣之。一日，授简徵新声，尧章制《暗香》、《疏影》两曲。公使二妓肄习之，音节清婉。姜尧章归吴兴，公寻以小红赠之。其夕大雪，过垂虹赋诗曰：“自琢新词韵最娇，小红低唱我吹箫。曲终过尽松陵路，回首烟波十四桥。”

李氏因为有了两位红姑娘前辈而终于有了名字，不过我认为她的名字实在俗了一点儿，比不上她的诗：“落魄江湖冷巷居，云鬟犹向水边梳。几茎吟断羞郎语，竟作东流别意书。”多么晶莹剔透、冰雪聪明！

故事之外的故事

李小红的这首诗之所以能够流传，还得多亏科考制度。

《秦淮杂志》的作者梧庵老人中了进士之后，做过两任州县官，年纪也不小了，朝中无人，庙中无神，看样子恐怕也不再有机会束带于朝，作一番匡世济俗的大事业，索性仗着一份文才，几宅家赀，放浪于诗酒之际，周旋于粉黛之间。遭际如此，升沉无足观，交游也尽是同一类的人物。这梧庵老人有个诗友，叫查秉仁，功名来得不算早，可总是被人推许为“神童”、“夙慧”、“捷悟”、“俊颖风流”之属，却一晃眼几十年了，这种人，就算日后闱中得意，官场风发，临老最易有“迎人多白眼，遇事不甘心”的感慨，总觉得自己的一生被不知什么不要紧的事物给白白蹉跎掉了，自然是不潦倒也侘傺，不穷窘也灰颓。

有一回查秉仁同着梧庵老人当着一群妓家姊妹斗韵赋诗，平水韵从上平一东吟到入声十六洽，一共一百零六韵，各人前后五度，分别写了五百三十首七绝，耗时三天三夜，还分不出个胜负高低。

就在这个时候，一个老妓出面调停说：“如此斗下去，如何是个了局？这样罢，每位以‘妆前斗诗’为题，再吟三绝，一气而下，谁先完卷，就算是今日的赢家。”

两人同意了，就平水韵前六韵抓阄得字，梧庵老人拈了个一东、四支和五微，查秉仁则拈得了二冬、三江和六鱼。常斗诗的人都知道：一东、四支韵宽字多，二冬、三江韵窄字少，各人同时自作无等差，两人分吟对阵就不公平了。

果然梧庵老人很快地作完三首，正要交卷，未料查秉仁却抢先一步将铜钱扔进案上银盘之中，算是抢得机先。等诗稿交出，那老妓才发现：查秉仁一时情急，只写了两首就交卷了。但是，为了不让查秉仁大失面子，那老妓居然顺口空吟，迸出这么一首来：

落魄江湖冷巷居，云鬟犹向水边梳。
几茎吟断羞郎语，竟作东流别意书。

这其实是当年李小红流传在门巷姊妹之间的作品，人人背得。此诗韵在六鱼，也正吻合“妆前斗诗”的题旨。这回，查秉仁赚到了一份几乎算是偷来的名声。

四个·从科场到官场的众生相

今人风靡，古人趋骛，近一千五百年来根本上没有改变或革除者，就是这从科场到官场的一端。看起来揭櫫着新式教育，分别出许多科目，扩充起知识的领域，也推动了中国社会向多元的竞争价值抢步而前。然而，一个又一个古老的故事往往和现实如此神似，而令今日的读者惊诧不已：原来历史并未成为陈迹，它只是我们深刻的投影罢了。

· 下巴掉一个

浙江省有个颇具名望的秀才，叫查秉仁，字乐山，才八九岁就进了县学。非但文章有理致，还写得一笔好字。读过他的制艺之作、看过他书艺的人，都赞说是“状元之才”，这话称许了快二十年，就变了味儿了——寻常三年一大比，当然得秋闱得意，才好进京赴礼部会试。可是转眼间几度乡试入场，查秉仁的文字始终不能受赏于试官，挨到二十七八岁上，秀才还是个秀才。

可是既然走上这一条寒窗苦读之路，非皓首穷经不足以成就功名，只好逢考年便进场，试来试去，试的简直就是运气，哪里是身手？

这一年八月，援例入场之后，查秉仁挥毫成稿，完了八股，再写试艺诗，也是连行直下，不过二三刻工夫便写就了。可想到誊抄这一道手续，耗时费事，不如先小憩片刻的好。人才睡下去，就听见耳边有吟哦之声，诵道：

芳树鸠鸣后，新巢燕到初。一声惊鸟梦，何处走雷车。
半子萌来久，三阳郁欲舒。已经蒸勃勃，难更遏徐徐。
冲激凌高顶，砰铿转太虚。骤闻音击格，才展气吹嘘。
好雨催扶耒，轻阴待荷锄。年丰应奏瑞，太史有占书。

听到落句，查秉仁猛可惊醒，暗道：这不是我刚刚才写完的诗吗？今日堂上发下考题，诗题是“雷乃发声”，这个诗题，语出《礼记·月令》：“仲春，日夜分，雷乃发声，始电。蛰虫咸动。启户始出。先雷三日，奋木铎以令兆民曰：‘雷将发声，有不戒其容止者，生子不备，必有凶灾。’”而一旦听见这嗓音粗嘎的吟诵，不正是摊在小矮几上、自己方才所写的诗稿内容吗？可是人在考棚之中，四顾不过咫尺，究竟是谁在念自己写的诗呢？若是有人也写了这样的一首诗，应该跟自己一样得意，但是怎么能因得意而朗声诵读，难道不怕监考的人以闹乱试院给轰出去吗？就算不给轰出去，难得这样佳妙的诗句，难道不怕让人听了去、剽窃了去？

就在这犹疑之际，忽然见侧墙上钻出来一张锅面儿大的脸子，接着，底下又浮出来一抹肥大的胸腹，面色青，牙似獠，可不就是个鬼吗？查秉仁圣贤书读久了，别的功德未必如何远大，胆识倒略有一些，登时冲这鬼道："我久困场屋，郁结甚深，能见鬼也是活该自然；倒是阁下，什么像样的富贵中人不好去祟，祟上了我，你不也跟着倒霉？"

此言一出，墙中鬼大乐，龇牙笑道："我早有一篇佳作，想想要帮衬帮衬场中有福之人，抡一个解元到手。无奈方才寻了一遍，这一科，都是群福泽浅薄的士子，当不起我这篇文字，倒是你小子，这首应制诗写得铿锵有声，很有几分气力。我想把我那篇文字奉送了，提拔提拔你，你道如何？"

查秉仁转念一想：场中魑魅魍魉的故事何啻万千，幽冥恩怨，阴阳虬结，相互转为报施，也不是什么稀奇的事。如今虽然完卷，毕竟尚未誊抄，这鬼要是有几段佳文，何妨参考则个？于是一拱手，道："承教！"

墙中鬼当下应声念道："'香油煎鲞（音想）鱼，豆油炒千张'，这两句当作破题，不是太妙了吗？"

原来这一天的考题是"由也千乘之国可使"，出自《论语•公冶长第五》。八股文命题，原本就是借着要求士子们熟悉经籍的用意，刻意割裂原典。本来《论语•公冶长第五》的一段文字是这样的："子曰：'由（按：指子路）也，千乘之国，可使治其赋也；不知其仁也。'"那是孔夫子答复孟武伯的问题：子路称得上是个"仁人"吗？孔子的答复是："拥有一千辆兵车的国家（算是个大国了），可以派他去职掌军事，至于他是不是个仁德之人么——我就不知道了。"

可是墙中鬼念的这两句破题却是坊间市上沿街叫卖小吃的贩夫们经常吆喝的"麻油煎咸鱼"、"豆油炒豆腐皮"。

查秉仁一听之下，不免狂笑了几声，道："这是坊市之间的嚼口，以之入于时文，会笑死老百姓的，这不是丢我的脸么？"一面说，一面抄起矮几子上的砚台，顺手一泼，便将砚池里的墨汁统统洒在那墙中鬼的一张大脸之上了。可说也奇怪，也便在此一瞬间，墙中鬼不知怎么用力，忽地伸出一支朱砂笔来，猛里朝前一递，点上了查秉仁的前额，但见查秉仁连连点起头来，口中支支吾吾了半晌，听来不过是一声又一声的"好"字。不但叫好连声，手中也不闲着，捉起笔来就把那两句“香油煎鲞鱼，豆油炒千张”录写到试卷头一页的题目之下，成了十足的破题。

从前老科举时代以八股文取士，行之既久，遂有定格，开篇数句，必须点破题目的要旨，称为“破题”。不过在考试现场，往往有不同的斟酌。有的考官非常讲究形式整秩，所以破题的两句得依照规矩直接书写在题目下方、命题纸页之上。有的地方、有些考官没那么龟毛，破题写在题纸上顺带缴回亦无不可，答题卷纸上添写一过更无所谓。破题的格式事小，破题是不是能够震慑主试之人，倒成了明、清两代政府官僚系统消磨士子精力和才具的重要程序之一了。话说回头：查秉仁那笔娟秀的小楷一落纸，写下看似破题的两句，但听得侧墙之上传来一阵“哇哈哈哈……”的狂笑，而查秉仁倒似乎并没有察觉什么异样。

考这么一趟，不是一篇文字就打发了，还有二、三场。在查秉仁自己看来，今年之作，笔笔顺畅流利，所以到了二、三场上，莫不悉尽心力而为之。

这便再岔出去说说考试、考官。明、清两代科举取士，无论是举人或进士，都称他本科考试的主考官为“座主”。乡试也好、会试也好，座主皆由皇帝亲自简派重臣担任，考差是个苦差，但是也有荣誉职的意思，表示皇上信得过此人，能够为国家举荐、甄别出真正的人才。

当然，有心贪赃者也往往因为泄漏关节而发财，称学差为肥差，亦非过分。“座主”既是京中的名公巨卿，主持考试，当然不能自己一个人看卷，是以还得差遣助理阅卷的许多陪考官，将士子的卷子分别单位，再行看卷，这单位就称“房”，所以襄理阅卷的同考官又叫“房官”。会试这个等级的房官，例用翰林院的编修、检讨以及进士出身的京官；至于乡试这一等级的房官，就专用在本省服官而有科甲出身背景的人。因为这样的官一定是外省来的人，比较不至于因为亲眷故旧戚谊之故而有所包庇。

且说这一科乡试里，有位同考官是翰林院刚散馆、出任浙江金华知县的这么一位太爷，平素颇自命不凡，眼底没什么值得看的文章，见了士子就骂不读书，见了同僚就骂长官不读书，见了长官就骂天下人不读书，总之骂尽旁人不读书的时候要是用来读了书，那也不得了了，何至于只能以知县出任同考官呢？

不过爱骂人者，往往亦不吝于笑人，这一天读到了“由也千乘之国可使”的破题，居然有“香油煎鲞鱼，豆油炒千张”之语，不觉开怀大笑，未料笑得兴起，没留神，一副下巴颏儿猛可之间掉了下来，张口闭不上，有话道不出，左右伺候的没见过这个，还当这房官忽然之间得了怪症，一面赶紧让厮役人给扶进内室榻上暂且斜欹着歇息，另外喊了巡绰士兵请主考官来探视、作主。

阅卷之地是贡院的“内帘”，有叫聚奎堂的，也有叫衡鉴堂的，也有叫抡才堂、衡文堂的。堂东是座主的居处，堂西是诸房官的寝室，这厢一呼喊，那厢便听见了，正好此科的座主跟这房官还有同年之谊，赶过跨院儿来一看，见这房官躺不躺、卧不卧，坐也坐不直、趴也趴不稳，就会皱个眉毛咧张嘴儿傻笑，一边儿笑、一边儿还流淌着哈喇子，勉强朝外间屋的案上抖手打哆嗦，座主看着可怜，直说：“唉呀呀！老年兄素称康强，怎么得了这么样一个怪病呢？”

房官越想辩解自己没病，就越是显得拧眉歪嘴、怪状十足。座主里里外外打量了好半晌，才勉强意会过来：房官这是在告诉他，正看着卷子——那么一定是卷子上有什么要紧的文字，让主考官的这位老同年如此激动，恐怕还动了气血呢！

于是这位座主踅到外间厅上，拾起案头查秉仁的那份卷子——当然，拿时没留神，漏了题纸，也就自然没看见前头那两句“香油煎鲞鱼，豆油炒千张”——等再回头看一眼里间屋之际，但见那房官笑容可掬，仍兀自抖着手，显得异常激动。

座主很快地将手中的卷子浏览了一遍，不禁抚髯微笑，道："真真是好文章哪、好文章！老年兄呀老年兄！人都说你恃才傲物、摒抑后生，殊不知你是真爱才的，能够拔擢出这样一个文理清隽、更兼铁划银钩的佳士，无怪乎如此感动呢。这份卷子我且持去，同副总裁好生研议研议、赏读赏读。"说完随即拱拱手，扭头就出去了——他老人家没打诳语，还真是立刻找来了副总裁与其他各房的考官一同会商，看看这一科的文字里，有没有比这一篇还要好的？座主如此示意，已经很明白了："这份卷子，我看是个'解元'的架势，诸君之意若何呢？"

副总裁原本是个仰体尊意的个性，在旁一力帮衬，连声赞赏，其余众房官自然也只得唯唯诺之，大家都交口称颂座主眼光独到，解元庆得其人，如此发解到京师，也一定为朝廷举荐出卓越的人才。好了，就这么发了榜。查秉仁，果然中了解元。

可原先那房官可着了急，一出闱，到处访求接骨名医，好容易一巴掌把下巴颏儿给推回去了，等看了榜，发现查秉仁是解元。连忙调出原卷一核对，看看果然是令自己笑掉下巴颏儿的那一篇文字，这才慌慌张张去找座主。

“大人！”虽说是同年之谊，房官可不敢跟座主称兄道弟，还是本本分分行过了礼，道：“查秉仁这个解元一发，从此大人和卑职，可就一块儿名声扫地啦！”

“你这是说哪儿的话？”座主还当这房官是客套，笑着说：“查秉仁文章本来就十分好，莫非是因为出于老年兄门下，老年兄特意地作如此过谦之词罢了？这，同你平日持论可是大不相同啊！”房官打从袖筒里摸出那份题纸来，道：“无论下文如何，观其一破，尽可知矣！这查秉仁居然能把子路（按：由，谐音油）煎了咸鱼，还炒了千张，大人！这——万一传扬出去，是不大像话呀！”

众考官轮番看了看这卷子，都笑了，但都也笑不久，因为题纸底细具在，如此行文而能居于解元，考官岂能有不问罪者？百般无奈之下，此科担任监临的浙江巡抚硬着头皮说：“只能这样了：我行一纸文书，前去他县里将人发落了来，让他当场重写一份，换了卷子，也就罢了。”

发落查秉仁跑这一趟还另有用意：所有的考官们都想问问他：究竟是吃了什么熊心豹子胆，而敢在破题之处写上这么样的两句荒唐之文？查秉仁不敢隐瞒，浑身上下打着寒颤，把考场里的见闻说了一遍。重考官似乎都很满意，因为座主说：“倒是阴错阳差喽！我看那墙中之鬼，定是魁星下凡，必欲为这一科添点儿佳话，否则我等走马看花之际，说不定等闲视之，还真看走了眼，让这佳士的文章徒留遗珠之憾——是罢？”

“阴错阳差！是是，阴错必得阳差！”那房官摸着自己的下巴，喃喃地说：“居然卑职这下巴落得这么好！”

· 场中少一个

浙江嘉兴县有个秀才，叫吴兰生，祖上开一爿牙行，早些年媒介交易，之后也随着相熟的买卖家凑份子。一开始只不过是帮衬人的本钱，久而久之，有了往来供需的眼力，知道物价贵贱、流通有无，生意渐渐做得大、也做得多了，赚多赔少，自然发迹。一连两代，吴家富厚殷实，传到第三代这吴兰生的手上，买卖做得益发顺当。吴兰生的父祖皆是年寿不永的命，未过花甲，便先后辞世了，但是这两代人生前，打从吴兰生很小的时候就刻意培植，希望能诱导他从儒生事业入手，博一个功名回来，于是舍得能开销大笔的家赀，访聘时文高手，为这孩子开蒙教读，就是想着能从吴兰生开始，改换改换门庭。

话说两位老人家辞世之后，在生意上，吴兰生少了前人指引，自己儒而兼贾，毕竟两头吃力，然而举业艰难，还是不如赚钱来得实在，是以在时文制艺的钻研上，便渐渐生疏了。这一年逢着酉年，是大比之年，吴兰生眼看天气渐渐地暖了，却始终无暇念书，内心先是焦急，后是无奈，末了一叹气、一跺脚，又打定了一个作罢之念。

不料就在决意不进场的这一天，吴兰生梦见爷爷和爹爹一道儿回家来了，一进门，那爷爷便疾言厉色地斥道："你若不去应考，场中便少了一个孝廉，这是违逆天理，违逆天理，家门凶险，必有大祸临头的！"

吴兰生苦着一张脸，申辩道："功名谁不想要呢？无奈我笔底的斤两，我自己比谁都清楚，胸中无文，进了场，连题都看不明白，如何考得？"

"胸中无文？"吴兰生的父亲说："这个容易！今科的题目是'乡人皆好之'，咱们有个本家，与你同辈儿，可年岁大得多，他叫吴兰陔——人家，可是时文名手，早就写过'乡人皆好之'这一题，他就是时运不济，屡考不中；万一灰心散志，一朝不进场，再要拾起笔墨书本儿，可就难于登天，说不得终身也就不进场了。

“虽说吴兰陔先生久困场屋，和你一样，功名也还未曾到手，不过，他今科一定会下场的，随身的巾箱之中，也必定放着他那本儿文集，集中当然少不了此文。你入了试场之后，开考之前，访着吴兰陔先生，借请教之名，向他求问此文，他一定会给你的，一旦给了你，你抄录一过，不就有了文了吗？”

说起吴兰陔，在浙江一省，甚至邻近合为江南一闱的安徽、江苏两省里，都是了不得的知名人物。此人也是夙慧，读书一目十行、过目不忘，右手画圆、左手画方；六岁进学，九岁通经，到了十二岁上就已经在大令和府台面前作过文章，可也是个蹭蹬场屋的命，有两句自嘲诗：“圣朝难遇当知命，幽居易老懒伤春”，这两句诗里的“知命”不只是说自己考运不济、舛误由天，不再力求强仕，也一语双关暗藏了“五十而知天命”之意，换言之：写这两句诗的时候，吴兰陔已经年过五十。

算一算：恩科不计，三年一比，他至少已经考过十三回乡试了。屡试不中，给人作西席，教养子弟、求取功名却卓然有成，三十年夏楚在手，案前窗下出了二十多个举子、十多个进士，还有六七位翰林公，这在今天，可以成为一个举国争相供养的补习班名师。

吴兰生的父、祖成了鬼，通阴阳两界消息，知道吴兰陔手上写过“乡人皆好之”的题目，这么一指点，吴兰生心头大乐，夜半乐醒，微觉是梦，第二天赶早上祠堂给父亲和祖父上了香、磕了头，这就当真做了入场的准备。平日里往来熟识的商家看他讲起生意来往往心不在焉，似有旁骛，问他，他也不隐讳，直说：“内心还是时时记挂着秋闱一搏呢！”

“应该有把握罢？”问的人显然是不放心。

吴兰生是这么说的：“我不进场，场中就少一个孝廉啦！”

且岔出去闲说两句“场”——也就是考棚、号舍。到了秋闱大开，循例分三场，八月初九这一天考第一场，十二这一天考第二场，十五这一天考第三场。

乡试考场分部隔绝，上下职责分明，关防严密。考生经点名入场之后，按号就位，携带文具、食物、炊具、衣被，向有定制。入场时的搜检也极其周密，进场之后封门巡逻，考期九天，食宿皆在号舍之中。号舍上有瓦顶，每间隔以砖墙，南面无门，以利监临派随员、士卒查察巡视。考生进了“号子”以后，用油布作帘，勉可遮蔽风雨。

以今日之尺量之，号舍高八尺、宽四尺、深四尺半，所谓“立不能直腰，卧不能伸足”，左右手是东西向的两堵墙，在离地面三尺和一尺半之处，砌有上下两层砖边，可供搭放两块木板，白天里伏上层、坐下层，这就是桌椅了，到了夜里，把两层板子抽下来地上铺了，就算睡榻。

号舍一向是供给饭食的，这是官家赏赐，士子不用花钱，所谓“天禄”，可是饭食过于粗劣，能勉强度日的士子们往往不领，就号舍里各自生火炊煮三餐。试想：时值八月半，北方各省还倒罢了，长江以南正是酷暑天气，烈日熏蒸、炉火灼炙，遇雨则巷弄泥泞不堪，加之以巷底有厕所，更是惹得蚊蝇遍室，恶臭冲天，人说：“三场辛苦磨成鬼，两字功名误杀人”，的是不假。

相传光绪初年合肥老贡生蔡卿五，活到八十四，死在贡院考场之上，就在万把个士子还正振笔直书之际，老贡生的尸体给用绳索吊出闱场“明远楼”的高墙之外，其状甚惨，令人不忍卒睹。

据说他老人家临死前喊了声：“其臭——可知也！”都说老人家死不登科不足为奇，就是那句遗言，指的是自己的文章还是考棚的环境，外人还真不得而知呢。乃有挽联云：“可怜明远楼头月，曾照先生廿四回。”

话休烦絮。说到吴兰生下场，就在点名搜检过后，诸生在号舍里安顿，有那么一两个松缓的时辰，安顿好的人还可以自由行动，打打招呼、串串门子，吴兰生就是趁着个空儿去找吴兰陔的。找大名士一点儿都不难，只消随便攀问一声，说："兰陔先生今回入场了没有？"被问的人就算答不出，旁边儿耳闻滴漏者自然会代答："可不就在某字号某棚里么？"

访着了，吴兰生虾腰一长揖，身形矮了大半截儿，早就准备好的一大串儿恭维久仰之词顺口溜了，接着说了几句闲话，才若有意、似无意地提起："久闻先生有'乡人皆好之'一节题文，士林传诵多时，蔚为传世之作。可有乎？"

吴兰陔经这开门见山的一吹捧，鼻子也肿了，胡子也翘了，肩一抬、腹一挺、胯股轴儿一晃悠："是有这么一篇文字的。"

"小子不敏，与先生居隔数十里，不能亲炙；向欲拜读，又惜无良缘高会，但是孺慕之意未常稍减，今日得一睹先生风采，足慰平生，若能略识几行先生的文理墨韵，更是三生有幸、三生有幸了！可否请兰陔先生出文赐教。"说着，吴兰生又是一揖及地。

"这有什么难处？"说着，吴兰陔从身后北墙上那个专供士子们置放杂物的尺方小洞里抽出一本线装小书来，抹唾沫前翻后翻、查找了好一阵儿，找着了。吴兰生接到手里一看，封皮儿上写着"兰陔余墨"四个笔迹娟秀的小字。不消说，这《兰陔余墨》就是多年以来令吴兰陔困顿场屋却扬名天下的制艺之作的手抄集子了。果然，顺着吴兰陔那只又长、又弯、又藏污纳垢的小指甲盖儿一眼看过去，可不就是一篇“乡人皆好之”的文章么？

吴兰生作势飞快地浏览了一遍，看起来是双膝一软的那么个模样，往考棚中的土地上一跪，叹道：“此文——大是佳——妙——呀！”

“是么？”吴兰陔依旧瞑着眼捋胡子，想是这般的赞赏，已经身受过许多回，不足为奇的了。

“先生！这篇闳文，实在可入昭明太子之选呀！小子有一不情之请：可否容小子携回号舍，恭录一回则个？”

吴兰陔给捧上了天，还在云端上迷迷糊糊不知高下，听他这么恳切相央，全无抵御，登时就答应了。毕竟是牙行里媒介生意的勾当做得多了，方面周圆，三两句话赚回一篇佳作，吴兰生闭目静坐，好整以暇地等着发了卷纸，当场就誊录起来。

先发放卷纸也是个不得已的惯例。想这闱中士子少则数千、多则万许，应试三场虽说就是几篇文章，但是有人才思敏捷，有人神智枯涩，所以打起稿子来所需纸张往往多寡不一，主试者多半给方便，还会先发放起草用的卷纸。吴兰生领了稿纸，立刻拱笔濡毫，将吴兰陔的文字给抄了下来。

吴兰陔洋洋得意了一阵儿，想想又觉这吴兰生来得尴尬，于是趁着场中还没定下来的当儿，连忙寻了去——结果还真让他找着了，一看吴兰生已经在抄录自己的文章，不觉大惊，道："尚未出题，何得有文哪？"

毕竟是生意浪里的惯家，吴兰生立时放下笔，垂首肃立，气定神闲地说："小子读先生之文，爱不释手，索性恭录试卷，以志钦佩之意。万一考题发下来，小子又着实无只字点墨以应之，那么就用先生的鸿文缴了卷，就算文不对题，也就是两字'不取'而已，能誊抄两遍先生的文字，于愿已足，甘心得很，算是不辜负这三场折磨了。"

吴兰陔听得又是一阵心酥骨痒，拱拱手，连声赔笑道："那倒是我连累足下了，奈何！奈何！"

等这天夜里试题发落，果然是"乡人皆好之"。吴兰生之颠倒喜悦自不待言，吴兰陔则不胜悔恨，自料：得意之作既已被人录去，当然不能复写，想来这也是天意，恐怕我这功名之念，也是终身不得售的了。于是信笔一挥，草草完卷，神丧气沮地出了号舍，原本准备打铺盖回家的，却遇见不少也来应考的门生，苦劝这老秀才，无论如何应该打起精神将三场考过，把该吃的"天禄"吃完，不辜负圣朝雨露，才算是了了今生志业。

在《庄子•养生主》上有这么一句话："官知止而神欲行"，这话很难语译，因为并非寻常生活里那种唾手可得的体会。诚然要解释起来，只能把"官"和"神"暂且拆分成两个不同层次的心智活动，意思是说对某事熟练、娴巧到一个地步，已经不再依靠平常官能的反应、思维，而是一种只能姑且名之曰"神"的东西，在主导着这事。

也可以这么说：吴兰陔既然已经灰心失望，对于仕途上的前程全无热中，所以放开神思，不事雕琢，反而纵横奇正，行气慷慨淋漓，文理嵚崟磊落，三场事毕，更有一番脱髓换骨的洁净清涤之感。仲秋时节，神清气爽地出了闱场，这天出闱时落了些小雨，随即天朗气清，接着，一轮皓月便悄悄爬上树梢，吴兰陔留下了这样一首《秋兴》：

松风夜引万刀横，雨后淅零淬剑声。
有酒频催诗意老，无弦更觉客心清。
吟追律细敲壶缺，叹看烟轻拂月明。
莫笑忧怀思伏莽，初凉天气已凉情。

孰料九月初九发榜，吴兰陔这老贡生居然中了第十七名举人，他自然是大喜过望，也颇有惴惴不安之感，自觉：若论文章体格深致、间架森严，还当是旧作来得“得体”，于是趁着新科举人入见座主的当儿，袖筒里揣着那本儿《兰陔余墨》，找了机会，私下跟主考的“座师”请示通融，说：“大人！门生薄有微名，登科不免招惹诸般议论，而闱中所作，实在是聊以塞责罢了，还请老师将彼文易以此文，虽然是一篇旧作，毕竟体面得多。”

私下恳托这样的事，在清代不算舞弊；毕竟人已经考上了，功名到手，换一篇“闱墨”固然是为了考生的自尊，往往也粉饰了座主的颜面。尤其是像吴兰陔这样的大名士、老名士，如此请托，主试的人巴不得兜揽成自己门下，自然希望考卷上的文章更体面些。

这座师还当真将《兰陔余墨》捧在手掌心儿里，把那篇旧作反复读了几遍，笑了笑，道：“要换文，不是不可以；只不过此文若在场中，未必能够中考官之意的。因为阅卷有如走马观花，乃以气机流动者易于触目动心。你这篇文章自然是高手名作，然而不反复读个几遍，还真咀嚼不出个中精义来——试问：帘官阅卷，哪儿有那么些闲工夫呢？”

一听这话，吴兰陔大彻大悟，其内心的喜悦，实远过于中举，在次年春闱之前，就且选且编、夹批夹评地写了一本

《读墨一隅》，成为上下百年间关于科考文章最具权威性的指导工具。

至于那位吴兰生，可是名落孙山之外了。他找来题名录仔细研读，发现吴兰陔竟然中了，这内心的失望、挫辱乃至于怨恨，充盈着三万六千毛孔，发了狂性，大步跨进祠堂，抖手把香点上，口喷白沫、念念有词地说："奈何父祖如此，居然诓骗子孙？"说着时，想起八月半出闱以来的这些日子里，自己整顿衣冠、备办筵席，到处去张扬，反思之下，不过是一番丑态，可该有多么地不堪呢？

当下忽然忍禁不住，吴兰生转而高声喝骂道："你们这俩老东西，既然这样戏辱我，说什么我若不去应考，场中便少了一个孝廉的鬼话！日后休怪我绝了你们的血食奉祀！"骂罢，抹着眼泪鼻涕回家去了。

当天夜里这父祖二鬼还是来到吴兰生的梦里，脸上尽一片疼惜怜悯之色，可这父亲还是忍不住训斥了两句："这也是你的无知呀——不肖的！此中自有天命，你若不进场抄截吴兰陔的文章，他看了题，一定会默诵旧作，抄录完卷，那便又考不上了——场中，不就少了他这个孝廉吗？"

"他吴兰陔中与不中，与我何干？"吴兰生犹自不服，梦中嘤嘤啜泣，频频拭泪。

父亲叹了口气，接着说："闱中饭食，出自帑项，也就是天子之所赐，谓之'天禄'，生来注定要吃几顿，是有定数的，哪儿能随己意妄自更改的呢？"

沉默许久的爷爷也在这时慢条斯理地说："你命中还得考一次，不完事，总不得安静的。"

吴兰生听进这话，悟了——命中还得考一次，没说这一次就准会中不是？三年之后重赴首邑、入贡院，少不得见到许多熟面孔。许多好事而刻薄的都还特别有记性儿，一见他又来了，纷纷上前道："兰生兄！前此得了极妙的文章，尚且不能入彀，今回来干什么了？"

吴兰生果然悟得透彻，他答得多么豁达："公等皆是夺魁抡元之手，请自便、请自便！我算什么？我不过是来领吃几顿该我的'天禄'罢了。"

吴兰陔与吴兰生毕竟对科考这件事有了一致的体悟——在吴兰陔编的那本《读墨一隅》里，有署名"天禄遗老"所作的长序，"天禄遗老"是谁？就是吴兰陔自己。一场乡试下来，他和吴兰生都知道了一个精深微妙而为天下人共谋掩藏了上千年的秘密，那就是：科考考的是运气、是命理，不是文章好坏、才性高低，更无关乎人品清浊、德操优劣。天禄在数，吃一顿儿少一顿儿，如此而已。

· 衙里多一个

江西南昌府华家是大户，养了个少爷取名三祝，小字多官，由于是老生子，父母溺爱得紧，凡事听其所为，以致举止全无管束，书读不就，生意学不来，终日通衢大街上晃悠，见有鸣锣开道的热闹，知道是做官儿的经过了，便凑附上前，跟随着入衙入署，观看这些大老爷们升堂理事。

南昌是江右首邑，巡抚衙门、布政使衙门、按察使衙门、知府衙门，乃至于县太爷的衙门，都在几条相交相衔、纵横如阡陌的道路上，此衙无事，彼衙有事，往来总显得十分忙碌。这华家的多官儿是不是名字取坏了？没有人敢说，可他生小至长无所事事，就是爱看官、想做官，扒扯在人群肘腿之间看见了当官的打人、骂人、教训人、诟辱人，而小老百姓里却没有一个敢抗声违意的，这等派头儿，是多么的威风？多么的神气？

心头艳羡，不如日常演练——华多官儿既然名叫多官，又是个少爷，在孩提时代，阖家上下，自然没有谁敢拂逆他的脾气，总陪着他玩儿这当官的把戏，奶妈子、小丫鬟、司阍的、掌厨的，乃至于账房先生甚或是西席塾师，都不得不捱他的鞫审、受他的提讯、听他的发落，甚至吃他的板子。这一套官仪官事，搬串起来的确有模有样，坐在堂上的小太爷毕竟是个孩子，人陪着乐一会儿，也无伤大雅。

然而时光荏苒，岁月如梭，一晃眼十多年过去了，华多官当假官当得乐之不疲。因为园子门儿一关，内厅桌案一摆设，两旁衙役、身后师爷、阶前囚犯、屋里狱卒，家中现成的下人都能捣饰装扮，而总是扮官儿的华多官实实不知其官为假，也就无所谓入戏太深，不可自拔了；因为不自知身在戏中，也就无所谓串演什么了。

有时正升着堂、理着案，猛可遇上家里出了点儿什么事，其余人等不得不恢复原形本相，自去打理生计了；独独他还回不过神来，往往不是嚎啕啼泣，便是怔忡恍惚，原来已经是个除了官威连个屁都不知道该怎么放的德行，一旦失魂落魄，就益发愚骇痴傻起来。亲友之间自然少不了暗中议论，是以背着他那一双年迈的父母，都叫他“华疯子”。

由于往来的不是家人，就是家奴，一般心存厚道，不忍以疯人视之、谑之的，很难跟他说实话；即便说了，他也不肯信，仍是浑浑噩噩、饱食终日，“好官我自为之”。至于有心欺他、诓他，着意让他沉迷于官威官样之中，不可自拔，好在背地里讪笑的，也所在多有——这一类的人，可就防不胜防了。不知什么时候，有人嘱咐了他两句，说："在家里当官不是个派头儿，得上京里当官才算真本事呢！"

华多官自然听说过京中有六部九卿之名，况且年岁渐长，老在自家内宅里升堂问案也的确不能解瘾，于是到处打听："京官如何得之？"

"那有什么难处？"又有人说了："你上京去，见着了皇帝。求他老人家赏个一官半职的，不就成了？"

"怎么见得着皇帝呢？"华多官可是认了真。

"你没听说过'铁打的衙门，流水的官'么？"成心开他玩笑的人却是这么说的："既然要做官，自然得放水而流，你坐船去，溯流而上，到那九天之巅、极高极远之地，就见着皇帝了。"

言者无心，听者有意，忽而有那么一天，华多官瞅着个机会，顺手拿了他老父搁在案上的几两银子，掉头出门，径往江边码头而去。他还真坐上了一条溯江而上的船，一路折腾到了浦口。这江宁，可是六朝金粉之地——想秦淮河畔，多少红粉佳人、何等烟花风月？可华多官这时已经囊空如洗，周身上下没有半文钱，正好遇见有官船要往湖北去的，正在招募纤工。

所谓纤工，又叫纤夫、纤手，就是在长江大河的所在，水利不修，天时不谐，未必利于载重溯流，往往在滩浅泥淤之处，需要助船上行的苦力，是以就有这种出卖原始劳动力的行当。华多官此时面目污涂，衣衫褴褛，加之以旬日来的风霜摧迫，已经略略有些瘦削了。所幸他自幼生长于富室，一身筋骨补沃得还算结棍，看上去体态仍不减魁梧，说要卖力气，似乎还生受得起。只可怜他一旦前去应募，便打听“船是不是能上京？”

听说往上行的江船来打听“上京”，便知问话的这个不是疯，便是傻，官船上的水手有意调侃调侃他，便问：“看你一个叫花子，上京做啥呀？”

“本官上京自有公干，”华多官掸了掸衣上征尘，睥睨言道：“我是要见皇上去的！”

“要见皇上？那么岂可怠慢、岂可怠慢？”水手道：“你瞧，船首灯笼船尾旗，明摆着的，这是一艘官船，自然要拉你去见皇上的，可保你见了皇上，你给什么好处？”

华多官不识江湖险恶，哪里知道该给什么好处？正发着愣，那水手自先笑了起来：“这么着，驾长每日里发给你二十文小钱，你统统把来给了我，我就让你上船。”

“我是何等人物？岂能同你这般人物争些许青蚨？”话说得豪气，华多官就这么把自己卖了。

船上的人——不论是乘客、驾长、水手乃至于其他的纤夫——渐渐地，都看出来他有这么个疯劲儿，也都少不得拿他当耍子。兴致来了，有时陪他审案，有时与他论政；兴致不佳，往往恶声恶气羞辱他癫狂痴傻。一艘偌大的官船上二三十口人，看来看去，就只有一个老头儿另眼待之。这老头儿也不同他作耍，也不随人笑骂，总是静静地打量着华多官，打量一阵，便眸中带泪，缩身遁回内舱里去了。

再有些时，老头儿察觉华多官食不得一饱，寝不得一暖，也没有随身行李干粮，便时不时地周济他些衣食。总之，不只是和颜悦色，还流露着无限怜恤的情意。

这一天，船行才入湖北省境，便遇上狂风骤雨。驾长是老樯橹了，一见这光景便知不利于行，得就近找个能避风雨的港汊掩匿休憩。于是又顺流飘荡，下行了十好儿里路，来到一座小庙，庙前横匾，上写五个大字："镇江菩萨庙"。纤夫们哄然一声对着船上这班水手笑道："来到你们这帮捣子的地头儿上啦！"驾长也随即下令："就在此庙栖避两日罢！"

"镇江菩萨庙"里根本没有菩萨像，号称菩萨，实则供奉着的是老鼠。江船之中奉鼠为神，不呼鼠而呼"菩萨"——再向南去，到四川就不称"菩萨"而称"教主"，再南行到贵州，连"教主"都称不起了，但是船夫们也不敢造次，仍呼鼠为“管事”，总之是“高称”。这“镇江菩萨庙”庙里有香案，有神龛，庙后还有一小间、一小间足可容人的泥墙土室，据说也是为一窝一窝的老鼠打造的，倒是人睡进去，恰好一人一方卧铺。

这官船主要的乘客，看来就是那内舱里的一家人，可是一连几天下来，仅老头儿一人探头探脑地出入往来，其余内眷究竟有几个，都让水手们捉摸不清。可人家是官雇接送，非比寻常，谁也不敢多问，倒是这会儿要在风雨之中登岸了，总得伺候着进庙里去歇息歇息罢？驾长虾腰杵在内舱门外请示，但听得还是老头儿说话：“内眷微恙，主人家都不上岸了，这两日舟中坐卧起居，一应庶务，还是由老夫独自往来料理罢。”说着时，钻身出来，指着华多官道：“这小伙儿看着挺老实，能否借个驾，帮衬老夫一二日？”

看光景是漫天风雨，船只行不得也，根本不会有什么纤差，驾长乐得做一个顺水人情，便指使华多官留下来，听任这老头儿差遣，自己则带着众水手舍舟登岸，到庙里躲避风雨去了。

且说这老头儿瞅着舱中四下静悄，而船篷之外风狂雨暴，看似无人接近，遂欺身近前至咫尺之地，仔细打量着华多官，一个禁忍不住的模样，还伸手上前向他脸上摸了一把，不多会儿又是眶中泛泪，猛地摇摇头，啜泣起来。他这厢哭，内舱里头也传来嘤嘤之啼。华多官哪里见识过这个？一时也没了主意，只能愣生生听那老头儿一边哭，一边说：

"老朽的女婿姓罗，是江苏淮阴人氏，七年前，一十八岁上，江南乡试举了第二十二名孝廉，第二年春天连捷南宫，成了进士，得了个候补知县的衔儿。可怜我这女婿命途乖舛，一直到今年才补上缺，举家三口好容易凑足了一趟盘缠，要前去湖北秭归赴任，不料才出家门，我这薄命的女婿就染了急病，过不几天一上这官船，便起不来身，昨儿夜里风雨交加，一个响雷打落，倒把他、倒把他——"

话说到这里，内舱里原本就止不住啼哭的年轻妇人又放声嚎啕起来。

"倒把我这薄命的女婿猛地惊吓过去，从此再也没有气息了。"老头儿再也说不下去，也跟着哭。

华多官听着觉得可怜，趁那老头儿没留神，伸指稍一撩掀那内舱的门帘儿，可不？里头朝外迎着的是两只动也不动的脚巴丫子，跪在被窝旁边掩面痛哭的年轻女子，不消说就是老头儿的女儿了。

过了不知有多久，还是老头儿先止住了哭，一抽一搭地继续说："我这薄命的女婿不当官还则罢了，当上了官，反而要害得我父女俩辗转道途、流落异乡，也只能乞讨度日，要说回转故里，恐怕比登天还难呢！”

华多官听到这儿就不大明白了，插嘴道："何至于如此呢？连我这没出过门儿的都知道：你寻一个渡头登岸，招呼一艘下江的船只，不就打从原路回家了么？”

“你小哥不替老朽想想，”老头儿说着，自己把门帘掀开，朝里一戟指："此处躺着的，还有我那薄命的女婿呢！要为他备办一口薄棺归葬，再加之以我父女二人的食宿钱，这一程，少说要几十两银，却要叫老朽去哪里醵凑？”

再看一眼那两只底板乌黑的脚巴丫子，华多官也忍不住哀叹起来："可惜呀可惜！一任知县竟有这么难，这么难！”

“可是小哥你——可是老天爷给老朽的一份厚赐呀！”说着，老头儿忽地膝行而前，两手扯住华多官的袖口，道："你这模样儿居然同我那薄命的女婿生的是一般无二，即令是至亲之人，亦无从分辨的。依我的计议，不如就由你小哥顶了我那薄命的女婿一个名字，前去秭归做上一任知县；你小哥若是愿意承下这份官差，毕竟一应文书俱全，我父女可为回护，也没有外人知晓，将来宦囊所得，咱们爷儿俩二一添作五，割半均分，这就两全其事了——小哥，你意下如何呢？”

华多官对于“宦囊所得”没有什么计较，倒是天上下大雨，掉下来一顶七品官儿的纱帽来，甚是料想不及。于是转念思之：官儿，不就是越做越大的么？如今只身在外、飘零艰苦，倒不如再同之前在家时一般，就由知县干起罢——为官之道，既阻且长，要见那天边的皇帝，又何必急于一时呢？

主意打定，剩下的事就好办了，老头儿收了泪，露了笑，撞上个想当官儿的疯子，恰恰是绝处逢生，旋转乾坤了。既然新上任的知县女婿还“算是”活着，而且活得挺好，那么得急症挺着尸首的这个，当然也可以“算是”那谵言妄语了好些日子的华多官罢。

好在四下无人，老头儿父女同华多官一起将死活二人身上的衣服换了，再往尸首脸面上抹两把污泥，支开朝江面儿的舷窗接几盆雨水，把华多官通身上下洗了个一干二净，再一打量，端的是仪表堂堂、风流俊赏的一介人物，说是新到任的知县，还嫌委屈了。

老头儿欣赏之不足，让刚守了寡的女儿也来打量几眼。那小寡妇眼里还带着泪，却从华多官的仪容体貌上看见了自己后半辈子的寄托和希望，她有些儿害羞，有些儿哀愁，还有些说不上来的喜孜孜的感受，像是感觉到老天爷把丈夫的病忽然治好了一般，竟然抽咽着微微笑了一下。

“我姓周，你这媳妇儿小字叫花儿，你且熟记了。”

周老头儿可更是一番通透精明，无比干练。他知道如此天气，下船进庙去休憩的那些个水手捣子们一定都在室内生火聚赌，不会上外头来招惹湿寒，遂趁着风雨飘摇之际，连夜将女婿的尸首背下船，藏匿于镇江菩萨庙后的檐下，上覆草荐，下衬竹枕，旁边儿还放了个空酒壶。

待翌日风平浪定，驾长和众水手出得庙来，解缆启碇，准备开航了，四处一张望，少了个纤工，再一巡看，见庙后檐下还躺着个醉鬼，近前推摇，才发现是那个官疯子，而且已经死了。照故事旧例，江行途中若是死了纤工，得由驾长、水手摊派丧葬费用，可这周老头儿做人处事实在精刮，回头同驾长说：“这小哥替我伺候了太爷大半日，也算有功于官眷，这样罢，三一三十一，棺木之费，算我摊一份儿。”驾长当下一拨刺心头的一盘算珠，合计下来，省了好几两银子，自然大乐，给周老头儿一连作了几个大揖，千恩万谢不置。

试想：这周老头儿，日后能不替华多官帮衬许多官场上的关节么？

秭归是个小县，明朝嘉靖以后就废了，并入归州，不过地方上的父老还是自称秭归，这里相传是战国时代的大诗人屈原的故乡，只不过到明、清时已经相当没落了，附近只东南方数十里之遥有个宜昌，算是鄂西大城。

这样一个县分一不必伺候皇差，二不必接待钦差，三不必迎迓督抚，除了完粮纳税，就是纳税完粮，稍稍用心于民事，便可以博得一个能吏的美名。华多官哪里是用心民事呢？分明是好管闲事，一到任就四乡八野地鸣锣喝道，无论诸村屯里坊，尽管十分穷僻，百般辛苦，也要一一巡走，所谓亲尝疾苦，俯体民瘼。非但如此，由于喜欢问案，尤爱裁夺，他还特别将每月“放告”之期由原先的每月两日扩及每旬三日，逢二、逢五、逢八，一月之中，倒有九日提刑讯案，不到半年，归州居然号称大治。

若有外乡之客前来叩问：“太爷判案究竟是否妥恰公允？”百姓多半支吾其词的多，也总有人会嘻皮笑脸地这么说道：“太爷判案，是好看，是热闹！就算不妥恰公允，逢着放告之日，你再前去申冤不就得了？”

在那样一个“杀头知县”官威浩荡的时代，外官——尤其是县级官僚这一阶层——不论是俸银也好、养廉银也好，都不过是虚应故事而已，为官真正的利头，还是要当官的自己长袖善舞，知道能够从哪些“公余”之中开销一二，若能有一点儿良知灵明，而不伤害民生，已经算是难能而可贵的了。华多官在这一方面无能为力，而周老头儿却帮上了大忙——当初说好了的二一添作五——他老人家并未食言，三年一任，他把私账一摊，居然挣了两千多两银子：“割半均分”，华多官和周老头儿一人还能分得千把两。

周老头儿能如此翻云覆雨，原来也不是个省油的灯。此老从前念过几年书，曾在衙门里做过多年的幕友，刑名、钱谷一把抓，尤擅“耗羡”之算。提到“耗羡”，就不能不说到县太爷的收入了。

以华多官到任的那些年来看，当时正七品的知县每年正俸不过四十五两，养廉银也不过六百两，依一般惯例，衙门里光是养一位管刑名的师爷，就得上千两银子，若是再加上案总、书启、红黑笔等，一年所需，正常的幕僚也要支出五六千两，如今这刑、钱二差都由老丈人包办不说，原先“该当”搜刮的钱粮一径入袋，也才不过二千两，这就得以看出“罗知县”翁婿二人算是十二万分有良心的了。

这么大的开销——还不说县太爷自己一丁点儿好处没算呢——机关，几乎到了征缴税银之际，把老百姓缴来的零碎银角子熔了，煅铸成五十两一大锭的官银，再载运入京，交户部入库，这一整个儿过程都可以有损耗，为了足额足数，收缴税银时便多收一些，俱是堂而皇之的名目，谓之“火耗”。另一方面，征收粮谷也要事先弥补转运、贮藏期间的各种损失，这叫“羡余”。“火耗”、“羡余”二者合称“耗羡”，往往可达正式税收的一成以上，康熙就曾经亲口说过：“州县官若只取一分火耗，便是好官。”

一任知县做下来，挣多挣少不算什么，能不让老百姓嘟囔，才算本事。尽管周老头儿搜刮得已经心满意足，可还真没有什么人抱怨。新任的上司知府姓龚，听说这“罗知县”是个能人，而且衙中有十分高明的“作手”，于是找个题目要来巡视，其实是想“借将”来了。

龚知府人还未到县，底下已经争着打听出底细，据说是科甲出身，江西南昌人，而且还是当地望族华家大户的外孙。一听这“华家的外孙”，华多官不禁暗中叫苦，回头避过旁人，跟老丈人哀道：“这回要断送一顶老头皮了！”

“怎么回事？”

“我记得当年离家之前五六年，有个老姑姑，夫家就姓龚；我那姑姑有个儿子，我要叫表哥的，有一年中了进士，榜下即用，在京中做部曹，算算时日，或许就该外放知府了，不巧正是我这顶头上司呢！这这这——他一旦来了，咱们衙中一见，岂不当下露馅？我还是找个题目给回了罢？”

“时隔多年，你们兄弟皆未曾往来，形貌音容，多少也有些变化，他未必想得到，更不见得认得出来。”周老头儿说：“上司下访，下官不得不谒，这是逃不了的差。况且此地府、县俱在一邑之内，你逃得过今日，逃不过明日；逃得了这回，逃不了下回，一旦推托延误，反令他人起疑，下一遭见了面，倒要格外留心，于你反而不利。”

话不冗赘，这天六扇衙门洞开，迎进龚知府来，华多官自然是以原先知县罗某之名上报，岂料这龚知府一眼看见眼前这官模官样的下僚，就想起多年以前到舅家玩耍之时的小表弟来，这念头一哆嗦，居然是：“我那小表弟当起官来可不就是这个模样吗？”

两下里再一攀谈，龚知府不时地捧起手中职名册子核对，核来对去，但觉那履历之中有什么不符实的地方，可一时想不起来，等匆匆辞过，回到几条街外的知府衙门内宅，赶紧去见自己的母亲——也就是华多官的老姑姑，说起今天在县衙里的见闻，不住地啧啧称奇。

那老姑姑听儿子这么一说，不觉掉下泪来，道：“你舅父就那么一个儿子，忽然就没了踪迹，多少年音信全无，怎不急煞人也？你既然见着了，怎么不问问？”

“娘！人家姓罗，不姓华，是江苏淮阴府人氏，不是咱们南昌——”龚知府说到这儿，忽地一拍大腿，又一拍额头："着哇！我左思右想、琢磨了半天，就滋味出有什么地方不对劲儿的，果不其然、果不其然！"

"什么不对劲来？"老夫人眼睛一亮。

"他既是江苏淮阴人氏，怎么说起话来，却不是淮阴口音，反倒像是南昌府的腔调？"龚知府豁地站起身，接着脸色大变，低声上前，在母亲的耳边说："他要真是多官儿，那可是欺君之罪呢！"

老姑姑也吓傻了，道："这，这，这可怎生是好？"

龚知府接着叹道："此事确乎两难——他要真是我那三祝弟弟，明明一个活人，该庆生还，眼前也还是一条死路。他若不是三祝，则三祝毕竟还是存亡未卜，其生也犹死。"

老姑姑擦着泪，坚决地说："无论如何，我得看他一眼，我得看他一眼！"

龚知府万般无奈，只好下令传知县过衙来见，华多官早知道会有这一趟传唤，算来逃不过此劫，既然无从辟易，也只有硬着头皮让他再见上一回。

孰料一进府衙，便给请进内宅去，一路无人侍应，看似知府大人是刻意让家丁仆役都回避了。这一程三进厅院，走得华多官提心吊胆，如履薄冰，好容易进了内院，跨门槛儿低头一跪，叩头如捣蒜，却不问堂上坐的是什么人，一旁龚知府给拽起了，低声嘱咐道："三祝弟弟！行如此大礼，你也不看看堂上坐的是哪一位呀？"

老姑姑也体恤这流落在外的侄儿，赶忙叫给看个座儿，可四下里并无下人，只好由龚知府给撤过一张圆瓷凳来，这一交接，反而失了礼数，华多官担待不起，直身不是、屈身也不是，一俯一仰，搀臂扶腰的，左推右搡的，倒如同他是上官，最后却将龚知府扒坐在瓷凳上。华多官也不敢抬头，只好手叉袖筒、挤眉拧眼地站在龚知府身后。

老姑姑上看下看，来回打量了几遍，终于开了口："贵县明明就是我那侄儿华三祝，为什么矢口不认呢？"

华多官立刻将头垂得更低了，把过衙来谒见之前、周老头儿所叮嘱的一番说词给搬了出来："野鸟何敢冒充凤凰？相貌相似之人，所在不少，自古有之；想那孔老夫子与阳货，不是面貌生得也很相像，一个是圣人，一个是狂夫，毕竟还是天壤有别。"

这个孔子与阳货故事出自《史记•孔子世家》。说的是孔夫子有一回要到陈国去，路过匡城，由于孔夫子面貌酷似阳货，而阳货又曾以虐政施加于匡，致使匡人怨愤无已，这一次见到了孔夫子，还以为是仇家来了，居然将孔夫子围困起来，拘禁了五天。用这个典故，可不只是吹捧了华家老姑姑的名门出身，还显示自己是能够随口就倒出些玩意儿的。

此言一出，果然奏效，因为连老姑姑的脸上都露出犹豫之色了——她老人家是万万不肯相信，自己那个疯疯癫癫的侄儿，居然说得出这么有学问的言语来。主客一时无话，华多官便找着了缝儿，钻身一揖，向着堂上凳上的两位连声“告辞”，躬身礼退。几乎教那尺把高的门槛儿给绊倒了，才扭身跨步，朝外走了。

就在这一刹那之间，老姑姑猛可福至心灵，喊了句：“多官儿在哪儿呢？”

华多官没提防这个，不知不觉回头望了一眼，应了一声：“唔！”

老姑姑再也无所顾忌了，扬声喊道：“来人哪！”

这会儿能来什么人？不过就是些丫鬟、书僮、婆子、长随之流的仆佣人等，可原先龚知府有过严嘱，无论如何，不可以到内堂上来，老姑姑这么一摆谱儿，但闻外间有人答应，不见人来，反倒更添肃杀之意。

且说这老姑姑两张眼皮向上一翻，露出一对晶光灼灼的眸子，怒道：“你明明就是我那侄儿华三祝，如何便敢背父母、瞒亲戚，好官自为了呢？”华多官还想狡赖，匍匐在地，叩着头道：“不是的！不是的！”

“既然不是，那么我自叫唤我侄儿的小名儿，你应个什么声呢？”老姑姑益发显着生气了，提着嗓门儿斥道：“你再强辩，我便让你的表哥以官法调治了！”

这是个意志力的对决，华多官会的毕竟只是当官，不是当锋，登时肩膀一软，再也担承不住了，“哇”地哭了起来。老姑姑和龚知府在一旁复加之以苦口劝慰，折腾了大半天，时过黄昏，才让华多官吐实，交代了这些年来的经历。

“此事性命交关，弟弟奈何敢当？”龚知府面对真相，并不十分意外，然而为今之计，如何善后，却实在为难。

华多官还未曾言语，但听屋外响起一声咳嗽，华多官听着耳熟，连忙同堂上的老姑姑指手划脚了一番，好容易迸出句话：“我那、我那、我那爹——我那老丈人，老丈人来了。”

原来一屋三进，根本没有人拦阻周老头儿，他老人家就这么气定神闲地走过来了。先向龚知府行过礼，又冲老姑姑作了一揖，再回头跟龚知府道：“此事全仗大府保全了！”

“欺君冒宦，是杀头的大罪，我呢，不过是小小的一个太守，同三祝又是中表至亲，说不得株连在内，也得摘去乌纱，我能保全什么？”

“那就参了他！”周老头儿笑着说。

“参了——？”龚知府、老姑姑乃至于华多官都不免大惊。

“参了。”周老头儿脸上仍自挂着笑：“大府既不能保全，索性就参了他。参他个税银耗羡差多，苛扰百姓。此事未有定例，参上去也未必实责下来——往往落一个石沉大海呢。”

龚知府似乎会了意，老姑姑却慌了手脚，华多官不意有此一着，以为自己听错了，半晌回不过神来。

“那、那、那——”华多官没想到自己的老丈人会如此出卖，一句话说不上来，却听周老头儿继续说道：

“参一个小过，抵一条大罪，何乐而不为？大府初莅任，参自己的下属一本，也是寻常立威手段，吏治之澄清，往往自此而始。至于多官么——”

“这苦命的孩子！”说着，老姑姑竟然哭了。

“命苦，就死了算啦！”周老头儿仍旧笑着，说：“衙里不早就多着一个么？”

龚知府这时完全意会了，抚掌大笑，道：“我这一本参上去，周师爷就在衙里给三祝弟弟发丧，是这意思不？”

“大府高明，不错的！”

“那么，多官儿是这么神不知、鬼不觉地脱身回籍了——依本府看，倒是你活罪难饶！”龚知府上前拍拍周老头儿的肩膀，问道：“可愿意换个衙门再干一任？”

· 眼前有一个

《清史稿》分得明白：正、从一品、二品官儿的妻室封夫人。正、从三品官儿的妻室封淑人。正、从四品官儿的妻室封恭人。正、从五品官儿的妻室封宜人。正、从六品官儿的妻室封安人。正从七品、八品、九品官儿的妻室都封孺人。眼前有这么一个，日后得叫安人。

话说浙江萧山县寒士钟俊连捷登第之后，入翰林院为庶吉士，在同年宴上结识了御前侍卫山西人白某。白氏家境素丰，有女及笄，想赘一个风流俊赏的读书人为婿，好改换门庭。钟俊是个素心人，读书就是为了消闲，原本没有做官的巴望，也没有什么振家声、显父母、耀门楣的大志，考得了功名，想是起码过几年安稳日子，不料有人来给说合，结亲就结亲，随缘无不可。

南阳府地属河南，实亦辖湖北襄阳，是个大镇。从京城到南阳，走水路虽然绕远，但是行程最为便捷，云帆高举，不数日即至维扬，再换船溯江西行，也只有几天的航程就能抵达。

但是舟行也有麻烦的地方，启程泊岸之际，上下行李，比之骡马驮橐，要费事得多。尤其是白家老丈人，身为廷卫，久居宫禁，结交的达官贵人不少，新婚馈赠所得自然非比寻常；加之以自家备办的妆奁，其丰厚可知。于白侍卫而言，送女婿登程履新，应该算是一大盛事，所以刻意郑重其事，光是陪嫁的丫鬟奴仆，就有百人之众，雇来扈从运送的船只，竟多达数十艘。启航从京师至通州四十余里，连路旁看热闹的都络绎不绝于途，沿河逐走，看了一天一夜，人潮才渐渐散去。

这一顿排场，在白侍卫而言，不夸夸然热闹一回，还真怕江湖中人不知道是他老人家的闺女要出阁呢。换言之，正是这么敞开来炫耀，倒带着些许诸葛亮撩拨司马懿的意思，仿佛是说：哪个有胆不要命的绿林宵小敢做这一趟打劫的买卖，就不要怨我白某人事先没打上招呼。

可白侍卫不曾料到：宫门长锁，衙门长开，大内之中上下百多年，打转的不过是一家人；可官场之上也好，江湖之中也罢，风水人事毕竟是活络的，谁不会说几句“彼一时也，此一时也”、“彼何人也，予何人也”这一类的话，说这话是个什么意思呢，不外就意味着后起之秀未必能明白，也未必肯敬重老辈儿人的身份；换言之，总有那么些不晓事、不通情、不知分寸的人物，还是看上了钟俊他小两口儿的一大纲家私。

有心干它一大票的不知道白侍卫名震京卫，也不计较船上有些什么人，只知这船队沿途停靠的俱是通都大邑，等闲不好下手。而船行却越走越慢，仿佛雇主并不自觉已经身在觊觎者的眼下掌中，仍自好整以暇，贪玩风月。

这一天舟抵维扬，要从运河换入江行，不但得改为西航，有一部分货运还得换船，钟俊和年轻的妻子白安人为了腾出舱中的空儿来让家仆出入，索性在船首架了个矮几子，小两口儿对起棋局来。落子之初不过是申正时分，到中局，天色已经向晚了，白安人下得兴起，不肯离船，钟俊也觉得港口一片热闹，吵扰得很，小夫妻俩一合计，说是干脆溯江而上、继续赶路的好，毕竟维扬是个大地方，再走个几十里路，未必没有小一些也静悄一些的港汊津渡，自凡能泊舟过夜，也没什么好挑剔的。

奴仆们传唤船家启航的话一嚷嚷开来，尾随而至的船匪们可就乐了，他们知道，无论今夜在何处停泊，这一支船队都逃不出他们的手掌心儿了。眼前他们能做的，就是赶忙联系附近水浒之中能通上声气的同行，收拾更多的载运船只，于一战得手之后，立刻搬运赃物，凿沉原舟，而不惊动十余里之外维扬港口的官兵。

地头上也的确是另有几拨儿水盗，各拥一二舴艋小舟，但是合起伙来，共奉一名水性极好的江湖大哥为首。此人姓王，单名一个凌字，外号镇江王；顾名思义，其势力之大，可以溯流而上，直达镇江。不过，另有一个说法，说他能够溯江上泗，一鼓作气，由维扬直达江宁，这样的本事，就算是当年梁山泊的“浪里白条——张顺”都不能及，可谓能够“威镇长江”了。所以“镇江•王凌”才算是他真正的诨名儿。

“镇江王王凌”也好、“镇江王凌”也罢，总之一听有这等好买卖，哪里还肯放过？登时催发了百数十艇快船，呼啸而至。船家们眼尖，远远听见打胡哨，再看火炬分而复合，合而复分，这是水面上的买卖家惯玩儿的把戏——也算是一门绝活儿了——将火炬隔舟抛递，往来不停，远远望着，在一片黑暗之中只见鬼火飞跳，此起彼落，倏忽明灭，声势十分骇人。船家水手看不多会儿，纷纷喊叫起来：“是‘镇江王’的势头，是‘镇江王’的势头！要死人啦！要死人啦！”

闹乱是儿数息的工夫就传遍各大小船艘的，奴仆们将水手的言语跟钟俊一嚼咕，吓得这书呆子登时觳觫不已，就在这时，却听一旁的白安人开口道：“小丑何敢跳梁？”

一句话说完，回身朝一个贴身的丫鬟使了个眼色，但见那丫鬟向空一甩双臂，作了个揖，外罩的长裙已经在转瞬间脱了去，半空中却爆起了个不大不小的烟火，接着发生的事却让钟俊惊讶不已：一霎时间，各船船头都站出来个丫鬟，人人短打衣靠，黑衫黑裤，望之犹如一片黑墨，这些个黑衣丫鬟似乎是不约而同，或者是早就操练过了似的，分别嘱咐船家水手立刻将各船船身用铁锁串连成一气，打熄了灯火，合拱着钟俊所在的官船居中。

片刻之后，众丫鬟已经排成了一列队伍，一个儿轮一个儿来到矮几之前，由白安人发给一握棋子，吩咐说："不过是些个蟊贼，万万不兴许放他们登上船来，要是惊吓了官人，我唯你们是问！"

丫鬟们衔命而去，白安人这也才好整以暇地甩开自己身上的连身长裙，露出了里头的黑罗衫裤，青布蒙头，不知从什么所在摸出一囊沉甸甸的铁丸，挂在腰间。钟俊看她神色是眉立目扬，英武神俊之态，一点儿也不像新嫁以来的模样，不由得期期艾艾地问："你、你、你要上哪儿去？"

白安人嫣然一笑，道："不就是防贼去么？你要是不害怕，随我来，瞧瞧。"说着，拉起钟俊的手，相偕蹑步藏在舱门里侧。

此时"镇江王"的盗船也已经一字排开，与官船居中的这几十艘货船隔着不到一箭之遥的江面，缓缓靠了过来。这是个阵头，此时的货船要是不至于惊惶四散，盗船便仗着船多，乘隙围拢，待把货船像驱鸭赶鹅似地局促到团团一隅之地，不消半晌工夫，便可以登舱掳掠了。

说到这儿，就得岔嘴说一说白安人的布阵之道了。这一番防贼御盗，当然不外是行前白侍卫的一套交代：平日习武不辍的这几十个丫鬟们，人人驻守一船，外服长裙、内着短靠，遇事先将船只锁了，免得临阵让人驱赶成聚食之蚁一般。

至于为什么锁上船，而不怕船盗用火攻呢？道理很简单，一旦要放火，必然是饱掠金珠财物之后；换言之，必然是贼伙登船行劫、事毕之后。倘或一对阵就放火，船船铁锁相连，当然难以收拾，那么放火的盗贼反而一无所得，白忙一场。这是为什么白安人仔细叮嘱“万万不兴许放他们登上船来”的道理，因为一旦让船盗登舟，那些熟练的强人还真会在得手之后放一把火，那可就万劫不复了。

这且回过头，说“镇江王”这一头。“镇江王”在这长江中下游一带讨生计，也不只三年五载了，仗着自己水性高人一等，聚成大伙，都说是当年横行大宋朝十数年的洞庭湖杨么托生的水中丈夫，数百载以下无与伦比者，可连这首领王凌也没见识过：居然有这么一支既不似官艚，又不似战舰的船队，能够摆出这么个阵式来，而且诸船一字横江之后，竟熄灯偃息，不见一丝一毫的动静，这——到底是怎么回事？

怀疑未决之际，片刻如经时，等盗船逐渐逼近，双方船头之间不过是丈许宽而已了，王凌左顾右盼，看这排面拉得太宽，怕号令不及，万一有个平素往来疏远的水浒弟兄一时认不清号令，或者是着慌放了火，船锁连绵，把这笔大好的买卖付之一炬，岂不可惜可憾？于是匆促之间，急饬所属：赶紧灭了火把，持挠钩利刃登船，一探究竟。

接下来的事，就更出人意料之外了。王凌一声号令才传下，有那早就盯梢许久、知道船上有众多女眷的水贼，根本不屑得取兵刀，赤手空拳便抢着往这边船头蹦跳，可说也奇怪，不过几尺宽的水面，却没有一个跳得过的，头一拨儿或是发狂呐喊，或是嘻笑喧腾的水贼便像饺子落进汤锅里的一般，全下了水；更令王凌不解的是：这些平日水性精熟的饺子们一下水就仿佛沉了底，一个都浮不上来了。

饶是王凌耳聪目明，看见这些个喽啰们纵身半空之中的瞬间，似有尴尬物事，像暗器一般，来得迅猛凶险，于是抢忙呼喊：“退退退！”说时已迟，那时已至，喊退却还来不及退的节骨眼儿上，又给暗器打落了十几个。

王凌一则以惊，一则以怒，想：此时不杀向前去立威，我“镇江王”这一块招牌岂不立马就砸了？转念到此，顺手抄起原先立在船头防箭的大铁盾，握着五尺板刀，猛提一口真气，飞身朝当央那条看来大了许多的官船扑跃过去，人还在半天里，就听得铁盾之上叮叮咚咚雨点冰雹也似地砸落了不知多少物事，待他双膝蜷定，两脚落实，人在甲板上一寸一寸向前挪移的时候，不料铁盾底下一时留了个缝儿，教飞进一枚铁丸儿来，正击中了大拇趾，手指足趾连心，疼痛自是难忍，王凌一低头，铁盾歪开，顶上又捱了一枚铁丸，这一下他可钉不住了，仰面翻倒——练家子毕竟还是练家子——就在这匆匆一跌之际，他瞥见了官船舱门口的女子：青巾覆额，黑衫黑裤，眉目姣好，玲玲珑珑的纤腰上挂着一囊让他栽尽跟头的铁丸。

“镇江王”一落水，众船盗再也无心恋战，纷纷呼喊：“大王下水啦！大王下水啦！”语毕，投江而遁，连船都不要了。

局势逆转，也就是顷刻间事，白安人当即作了处置：让众船一齐举火，照耀江面，如同白昼，看看有没有幸免于灭顶的盗匪，搭救上船，用麻绳索子缚了，准备第二天派人解回维扬去。

钟俊开了眼界，恭谨之色溢于言表："夫人究竟有何神术？治大盗竟如同约束小儿的一般，果然是将门的豪杰，看来是所向无敌、所向无敌。佩服！佩服！"

"说无敌就忒夸了，实则也没什么。"白安人云淡风轻地说："父亲喜欢骑射，家中庭院，总是整治的比较宽敞。

"我小时候窗外有长墙一堵，墙里的小径又直又长，父亲将就地势，以之作为箭道。我没旁的可玩儿，便拾些石子儿扔那箭道上的靶子。父亲看我扔靶子扔得有兴致，定了赏格，我练得就更起劲儿了。非但自己乐之不疲，还伙着身边的丫鬟们一块儿练，不过两三年之间，人人都能够百发百中了。

"这还不算，父亲又用人形作靶，周身画上穴道，倒也不算难，久而久之，熟能生巧，便不失手了；最后再用牛革制靶，练铁丸投射之技，四五年下来，所击无不洞穿。

"倒是父亲还常开玩笑说：'这娃儿可已经称得上是天下无敌女将军了！'不过，练得一班老小丫鬟们能认穴、打穴罢了，所击之穴不失分寸，的确可以伤人，可称不上什么无敌就是。"

"只不过棋子是个小玩意儿，能伤人也的确是神奇。"

"方法用熟，粒米可以杀人，何况是棋子呢？"

“还有一桩不明白，”钟俊道：“这些个丫鬟们领了棋子，各回己船，怎么不见她们出来应战，却已经克敌致果了呢？”

“这倒是预先就想妥了的。”白安人笑道：“我料江中必有贼盗，才让丫鬟们早早穿了黑布短靠，猱踞于桅杆之上，由上往下俯视，非但目力明，且用力远，衣色恰在夜色与杆色之间，阒暗朦胧，贼盗亦无从察觉。”

“你自己却匍匐于舱下，这又是什么道理？”钟俊还真是打破沙锅——璺到底！

“贼首一见喽啰们不能取功，就想要一举擒杀吾等主帅，主帅究竟置身何处呢？在他们看来，必然是中央这一艘大官船。即便他猜中了，也必然以为我们也躲藏在桅杆之上，顾了高处不能顾低处，就不免下盘露空，予我以可乘之机了。”

钟俊听白安人侃侃道来，略无半点骄矜之色，自然是益发钦敬的了。闲话不多提，且说钟俊赴任之后，倏忽六载，任满之后，调首邑，先署理布政使司，算是权掌河南一省政务，地位仅在巡抚之下。

在之前这担任南都之宰的六年里，他最主要的功绩也是军功，不过这些个军功倒不是白安人给立下的，主要的是——前书说过——南阳府也兼领着襄阳地区的防务，在这段期间，地方上不是没有水旱绿林之辈想要乘势闹祟，却总是能弭平于未发之际。

起初钟俊也同一般的官吏们一样，还道是官运亨通，诸事大吉，不料自己这么个不忮不求的为官之道，还真获得了老天爷的怜宠、庇佑。久而久之，同湖广总督和河南巡抚这一班封疆大吏接触得多了，才间接得知：能够弭平地方上的匪类，清剿盗薮，并不是倚仗自己洪福齐天，而是介乎河南、湖北两省之间，有一支隶属于湖广总督辖下的游击部队，数年来侦伺、潜伏，时时掌握盗贼行踪动向，往往制敌以机先，防患于未然；而那部队长衔加参将，姓许，单名一个杰字，正因为直属湖广制台调度、节制，所以钟俊几乎不知道还有这么一号人物。

倒是有一回豫、鄂督抚会食，钟俊才得以同许杰见了面，钟俊见这许杰身形魁梧，膀阔腰圆，星目隆准，大耳虬髯，的是一流的英雄人物，自然欣羡欢喜，一攀谈，发现此人慷慨豪迈，果真不负他堂堂仪表，心下更是崇敬有加，刻意要深相结纳。

知府卸任前夕，是大暑天气，京师里传言遁出，都说钟俊署理河南布政使的时日不会太长，说不定一到任就真除了，毕竟是娶了个好媳妇儿，朝中有梁木撑持，际遇自是不同。谣诼纷纭，夤缘交际、趋走攀附的更不在少数，由于天气实在炎热，送往迎来本已不胜其扰，而钟俊又十分不耐应酬闲话，正准备闭门谢客，门上投了拜帖来，打开一看，是参将许杰。

许杰来谒，应该不是虚与委蛇、拍马捧场来的，他开门见山递上来一卷舆图，钟俊展卷一看，大为讶然：原来这是一轴手绘的运河舆图，自凡是京师以南、经通州而扬州，子午一线，所经之地水浒形势、盗匪盘踞情况，无不随图附注，巨细靡遗。

许杰的话说得也简明扼要："某与大府相见恨晚，然而看大府神色不凡，逸出群僚之上，是孜孜矻矻、戮力于民事之慈悲长者，乃肯以此卷相赠。

"大府若是署理河南政务，但请持此图一一寻访，与各地盗薮约说，请无害于商民。江湖贼盗之属，铤而走险，往往迫于无奈；但须有长者扶持导教，开拓生理，往往令至而晏然。大府持图而去，又能说之以情，而不加之以兵，他们自然也会畏惧、感念，一旦方面有警，不定还会是莫大的助力。"

对于即将履新的钟俊而言，这一份舆图大礼不只是捕盗用兵的谍报，也是抚庶辑民的指引，一番愉悦之情，自清凉无汗，回头见许杰头顶上还戴着顶笠子状的官帽，端的是汗出如浆。钟俊随即吩咐小断：给许参将打来热手巾把儿，顺便捧了帽子去，好凉快凉快。孰料许杰连忙摇手，道："不必！不必！"

钟俊怪道："这么热的天，咱们又是便中清谈，怎地还戴着帽子呢？"

许杰想了想，道："实实不敢相瞒于大府——我原先是长江里的巨盗，以'镇江王凌'闻名，因为擅劫官船，不慎失手，非但葬送了百数十名兄弟，瓦解几十处水浒，自己也受了伤，额头顶门之间捱了一粒铁丸，削去头骨一块，幸亏后首以'儿脑丹'治愈，可却不能经风，是以无论多么炎热的天气，都不敢除帽。"

钟俊听到这儿，略有所觉，遂接着问道："老兄勇冠三军，在襄阳一镇立下战功无数，弭平盗匪数以万计，怎么会受这么重的伤呢？"

许杰叹了口气，苦笑道："说起来，这伤了我的女子，还真是我的恩人呢！她那一铁丸打在我顶门上，我才看清楚：居然伤了我的是个姑娘家——大府试想：一个女流之辈随手便能够把我'镇江王'打翻在水里，几至于溺毙，我，还能闯荡出个什么天地来呢？可是空有一身筋骨膂力，别的事也贪图不得，不如投军，立几级'首功'，倒还顺理成章。

能够忝然混到今日，当得一员参将，岂不都是恩人那一铁丸所玉成的呢？”

“那么之后老兄见过你那恩人没有？”

“落水之际，匆匆一瞥，之后再也不曾见过。”

“想不想见见你那恩人呢？”钟俊笑着问道。

“天涯海角，如何见得？”许杰摇了摇头。

“眼前有一个——”钟俊跟那送手巾把儿的小厮吩咐了一声：“来呀！有请白安人。”

故事之外的故事

白安人的故事大略如此，但是盗薮图的情节还留下个尾巴。

改名许杰的镇江王凌最后的一场征战是跟着丁宝桢打山东阳谷。丁宝桢刚到山东按察使任上，就四处打听能治盗匪的能人。他听说过湖广节帅麾下有个参将，叫许杰的，是老江湖出身，曾经凭着一卷盗薮图，剿抚兼拖，平定了两湖以至于中州一代无数在地的浒匪，于是千方百计要向湖广总督衙门借将。可是一个远在天边的臬台下官，如何能动摇督军倚为股肱的将才？湖广方面轻描淡写地则以“盗警连绵，扰动不已”搪塞，看态势是根本不肯放人。

丁宝桢想不出更积极的办法，只好回头请教上司——署理山东巡抚的阎敬铭——阎敬铭当时正在丁忧期间，本来要守丧三年，等闲不可夺情，但是淄川方面军情紧急，非得来上一个霹雳神佛不能为治。既然勉为其难，阎敬铭也就可以尽意求索，这才往军机处绕了个弯儿，由内阁拟旨，调许杰到山东，仍以参将任事。

当是时，阎敬铭立下了非常严格的军令状：“使一匪潜渡者，杀无赦！”但是对许杰而言，要扬名立功，这是绝佳的机会。于是阳谷一役，不徒力战而已。为了能够进一步掌握山川形势，他还故技重施，也就是为了能够有更准确的用兵方略，在会战之前，他花了七天七夜的工夫，亲自踏查叛匪宋景诗在东昌乃至于聊城的老巢。他对剿治土匪有两个立论，第一是：“狡兔必有三窟，不可以一砦之焚、一穴之倾为功也。”这就是说：不能够把捣毁一个盗匪的巢穴当作是彻底的胜利。

许杰的第二个剿匪论毋宁更重要：“善剿者灭匪于途，善抚者收民于乡，动杀静养，洵为一事。”意思就是说：要真正消灭土匪，是要在动态过程中“逐杀”——用今天的话来说，就是连同盗匪的行动线、行动纲，一并摧毁。倘若认定其不是匪类，只是流民，就要提供休养生息的机会。

许杰战死在阳谷——这是当年武松打杀了老虎之后被聘任为都头的地方——丁宝桢曾经这样感叹：“予从大盗学，而知圣人之道。”

道学无真，黄金无假·兼及曾国藩、李鸿章的师友扞格

官场上古今一例，都有个讲究，但凡往大堂上一坐，就想端一种可以为万民表率的风范，仿佛没有这种风范，就显不出他这个官儿高人一等的价值来。俭，也是这么个德行。

有清一代，历咸丰、同治、光绪三朝官至户部尚书、军机大臣的阎敬铭，就是这样一个官。

· 褡裢布

阎敬铭，字丹初，陕西朝邑人。道光二十五年（1845）进士，选庶吉士，散馆改户部主事。当年胡林翼干湖北巡抚，阎敬铭总司粮台营务，累迁至郎中，擢升为四品京堂。胡林翼请病之时，曾经几次上疏保荐，让阎敬铭当上了按察使。

同治元年（1862），胡林翼的后任严树森也推举阎敬铭为“湖北贤能第一”，让他再上层楼，当上了湖北布政使。之后因为父亲过世，阎敬铭丁忧回乡治丧，治丧之后立刻夺情起用，上命再回军旅，人还没到任，诏书又来了，给了他一个肥缺：山东盐运使，并署理山东巡抚差事。阎敬铭仍旧谨守分际，上疏请求能够让他完成守孝三年的礼制，上命不许，让他在山东淄川督军，征剿到处流窜的“教匪”。

当时，山东“教匪”已经打到新泰，捻、幅各部犯邹、曲阜，降众窜至阳谷、聊城。有个已经革职的参将宋景诗引降众屯东昌，据地自立，颇有梁山泊宋江的势头，这降了又叛的地方势力最是当朝者的忌讳，阎敬铭饬按察使丁宝桢讨之，令曰：“使一匪潜渡者，杀无赦！”这话叫丁宝桢事后想起来不寒而栗，曾经跟幕吏们说：“当是时，凭轩而立，俯首临池，予颓然自顾，官耶？匪耶？岂能辨耶？”

《清史稿》的本传记载阎敬铭奏言抽调绿营兵练骑队，朝旨允行，令即遣散募勇。敬铭言：

东省变故频仍，乱甫定，降众未必革心。绿营废弛已久，骤裁勇易启戎心。臣不敢为节啬帑项浮词遗后患。

又言：

兵之能强，端恃将领。将领之材，亦资汲引。如胡林翼、曾国藩、左宗棠倡率乡里，楚将之名遂著。前者僧格林沁奏称不宜专用南勇，启轻视朝廷之渐。老成谋国，瞻言百里。自古名将，北人为多。臣北人也，耻不知兵。以在军久，见诸军之成败利钝，必求其所以然之故。深知不求将而言兵，有兵与无兵等。今北方虽所在募勇，皆乌合耳。为将者贪婪欺饰，不知尊君亲上为何事，使握兵符，民变兵哗，后患滋大。故欲强兵必先储将。北人之智勇兼备者，推多隆阿。请饬多隆阿募北方将士，教之战阵，择其忠勇者，补授提、镇、参、游，俾绿营均成劲旅，何必更募勇丁？

时捻乱方殷，台臣有奏书建议在各地兴办团练。敬铭言：

敛乡里之财以为饷，集耕种之民以为兵，于事有害无益，不如力行坚壁清野之法。

于是团练之议就此罢了。从这几行引文不难看出：阎敬铭是个有眼光、有谋略、有主见而且有担当的大臣之才。同治四年，蒙古族的一代名将僧格林沁战殁于山东曹州，捻贼势张，将犯省城。敬铭督师东昌，还军御之，增设炮台防河，贼折而东。阎敬铭再移军兖州，将贼逼窜丰、沛之间。他从敌人逃窜的路径看出门道，立刻飞檄总兵杨飞熊率骑兵间道赶赴滕县，防贼还窜。捻匪果然一如阎敬铭所料，窜入湖滨，却因为杨飞熊扼守运河，迎头痛击而不得逞，只得远窜徐州，这以后，安稳平静了好几个月。

早在光绪三年（1877）时，山西大饥，阎敬铭奉命察视赈务。奏劾侵帑知州段鼎耀，置之于法。请裁减山、陕诸省差徭，并追弹尚书恩承、童华前奉使四川过境扰累地方官民的情况，均下吏议。八年，起任户部尚书，甫视事，以广东布政使姚觐元贿结前任司员玩法，劾罢之——可见他直声不小，时人皆以为青天明镜。

不多久，阎敬铭已经兼署兵部，俨然是曾、左以降最受宠遇的汉大臣了。他关心的事极多，这时圣眷既隆，意欲奋发之事特别多，还上疏力陈兴办新疆屯田。再过一年，终于发下上谕，让他当上了军机大臣、总理衙门行走，晋协办大学士。十一年，再授东阁大学士，仍管理户部，赐黄马褂。这是盛极而衰的一个转捩，他忽然上奏，自陈衰老，辞军机大臣。

要说衰老，早在山东昌平督师的时候他就因病而几至于不起，怎么在这个最风光安逸的时候忽然衰老了起来？其实，这还是要回到那句几次摧折大清朝国运气数的老话上看：“上（慈禧太后）意将修圆明园”。

阎敬铭一向是个勤工俭学之人，论治以节用为本，会廷议钱法，论点让太后十分下不了台，居然把他给问了个革职留任。“（光绪）十三年，复职，遂乞休，章四上，乃得请。十八年，卒，赠太子少保，谥文介。”

《清史稿》本传描述阎敬铭有这么几句话：“敬铭质朴，以洁廉自矫厉，虽贵，望之若老儒。善理财，在鄂治军需，足食足兵，佐平大难。及长户部，精校财赋，立科条，令出期必行。初直枢廷，太后颇信仗之，终以戆直早退云。”

阎敬铭已经是个难得的好官儿了，但是我从山东耆老那儿听到一些小故事，不免给他打打折扣。当他在光绪三年奉旨上山西查赈的时候，曾经先告诉随行的亲戚：“要多带褡裢布。”什么是褡裢布呢？就是老百姓用来缝褡裢包袱的粗布，皆棉、麻之属。阎敬铭一到任，自己先穿上了一套用褡裢布缝制的官服，一见署员都穿着用摹本缎制成的官服就开骂了，说：“这是什么年月？如今到处要整军备兵，汝辈竟然这般奢侈；穿成这副体面，必定家有闲钱，都拿出来捐充军饷罢！”

底下人哪里还敢再穿绸缎，一回家连忙到处去找褡裢布，裁制官服袍褂。一时布价腾贵，让阎敬铭那亲戚狠狠赚了一票。这事包不住，但是阎敬铭行事并未违法，亦称不上渎职，要说其间有利益输送，更没有一书一纸的凭据。后来有个新科进士，榜下即用，到山西任知县。此人年少聪颖，意气风发，想到个点子。

他去搜罗了一身华服丽饰，拣了个众僚属齐聚一堂的场合，穿戴赴会。不消说，阎敬铭还是要拿他开刀的，才训斥了几句，这年轻的知县"噗通"一声跪倒，哀求道："卑职方才来到此间，宦囊不丰，只能穿这么一身旧衣服，可是再也买不起褡裢布了！"言罢，众僚员忍不住齐声大笑，阎敬铭大为惭恚，此后见人穿绸袍缎褂，再也不敢窘人了。

虽然《清史稿》本传上说他在光绪十一年极力谏阻慈禧太后重修圆明园，但是还有另一个角度的理解。阎敬铭工会计，很能筹度财务，在户部上书任内"悉发旧簿籍，一一综核，抉摘爬罗，得四百余万，由是朝廷得资以造颐和园"。

怪不得慈禧太后在阎敬铭谏阻修园之后两年还是一直顾念此人，两年之后又原官起用。阎敬铭知道自己之所以再度晋用，还是要替太后老佛爷抠钱的差事，想想不是褡裢布那么回事，就抵死也不肯再当官儿了。

· 棺材板

阎敬铭自己用人举才，也多是看那人能不能“持俭”，下僚为了逢迎上官，往往作态以媚之，必须变本加厉，所以“俭”这个德行到了阎敬铭所举荐的身上，更不免失之于“刻”。于是一时之间，还有“天下俭”、“一国俭”这样的名目。

“天下俭”是李用清。

李用清，字澄斋，山西平定州人。同治四年（1865）进士，改庶吉士。他是大学士倭仁门，散馆以后授编修之职。安贫厉节，每天研读四子书、诸子小学，旁稽掌故，对于地方风土物产民力经济之事，尤其关心注意。

同治十二年（1873），李用清也丁父忧，徒步扶榇返葬。守制完毕，再入都下，虽然原先做官的资历还在，一时补不上合适的缺，他也是一箪食、一瓢饮，不改其乐；平日教几个学生读书，收点儿补习费，勉可过活。

光绪三年，李用清记名御史。正逢山西闹大荒，巡抚曾国荃、钦差大臣阎敬铭奏调李用清襄理赈灾事务，李用清骑着一头驴，无间寒暑，周历全境，身边只有一个老仆，携带着简单的衣物跟随。凡灾情轻重、食粮转输要道，巨细靡遗，悉亲笔录之于册。深穷病源，他发现灾荒起于人谋，因为山西全省的罂粟花田弥望无际，这玩意儿是高经济作物，种的人有暴利可图，当然不会再回头去种五谷杂粮了。

问题是种五谷的人吃五谷可以养身，种罂粟花田的人讨方便吸起了大烟，产业就没有救了。李用清知道：救灾救荒，莫如改花田而种五谷，然后生聚有期，元气可复，上书国荃详论之。曾国荃却认为山西的荒歉是当前急务，禁烟戒瘾、改作复耕是远谋缓策，且全国其他地方没有禁植花田，光在山西一省立禁开刀，这不是鼓弄民怨么？这事儿，就此罢了。

相传李用清从原籍起复入京时，徒步三千余里，其间未雇一车一骑，京里的人听说有这么一回事，都吓傻了。此外，他在巡抚任内，每天坐堂理事，夫人就跟着坐在大堂旁边的一个小厅室里；快要临盆了，却不给请收生婆，打算就这么耗着生。孩子才生下来，产妇就死了。底下佣作仆役看着可怜，给买了口像样的棺材，李用清非常不满，嫌贵，给换了口十分简陋的薄棺。过不几日，小婴儿也死了，下人们又去买了口小棺材，也遭到李用清的斥责。李用清打开夫人的棺材盖儿，将死孩子放了进去。

能俭成这个德行，在今天可以主持“法务部”了。

“一国俭”的，叫李嘉乐，干过江西布政使。他的俭，十分家常。有剃头的给叫进府来为李大人剃头，剃罢了，李嘉乐给剃头匠二十文小钱，随后还问他的长随：“二十文是不是贵了点？”长随说：“外间剃头一回还要四十文呢，那剃头匠嫌少，我已经替大人垫了几十文呢！”李嘉乐大怒，道：“我家乡的剃头匠剃一个头才十二文钱，此间奈何贵如许之多？你这散财奴居然还敢私自增垫？——以后不要雇剃头匠了——免得私相授受、滋生弊端；是后就请夫人给我刮一刮得了！”

还有一个浙江巡抚卫荣光，也是生性俭刻到极点。他每天的早点是油条三数枚，庖丁出入府署都要另由兵丁搜检，以免夹带鱼肉。有一天，卫荣光过生日，僚属都来道贺，卫大人将众人迎进花厅，大家都以为必有招待了，等了半天，厨子捧出各大木盘儿来，上头脂光呈亮、闪烁生辉的——都是油条，而且比平时所见、摊上卖的都小了一半儿。他也因之而有了个外号，叫“油条剪”，这个剪字没有写错！

· 黄金屋

由这几把剪子可知：无论今古，要在一个圈子里争胜出头，非拿出点儿本事来不可。政坛是个奇特的场域，拿不出本事，还可以抬举些门面来应付；倘若连门面都抬举不出，就等着滚蛋了。你看今日执政之人偏是如此：技术面上不会执政，就从人情面、道德面上说他比别人都爱台湾，这就是抬举门面。单从这一点上看，我还看不出这已经是搞了九十多年的民国了。我称这样的爱台湾为一种“道学论述”，它是有来历的。

曾国藩东征之际，以大学士之身任两江总督，治半壁河山之军，驻节安庆，所谓“开幕府、揽人才”虽非自此始，但大启中兴之局者，要从这个阶段看。而日后封疆将帅、京朝大员之出于曾之门下者，不计其数。当时在曾国藩幕下，有所谓“三圣七贤”这般的名目，都是一帮子“口称孔孟，貌似程朱”的人物，俨然以道学自命之流。

有个进士，叫杨长年，安徽池州人，也属于这道学一派。杨长年写过一篇文章，题为《不动心说》，上呈曾国藩。曾国藩读罢了，随手置于另一个幕吏的案头。当时在曾幕中还有个李鸿裔，这人原籍四川中江，介直不能容物，于无意间也看了杨长年的文章，见文中有“置之二八佳人之侧、鸿炉（即洪炉）大鼎之旁，此心皆可不动”的说法，这当然是作者自己吹牛表态之言。李鸿裔看罢大笑，援笔批之曰：“二八佳人侧，鸿炉大鼎旁，此心皆不动，只要见中堂。”

这样干，过瘾是过瘾了，可是到夜半时分，曾国藩忽然想起要裁答杨长年的呈文，叫人把文章取来，一见有这么首歪诗已经写在上面，这就不好原文批复了。曾国藩随即传请李先生来见。李鸿裔闻听是为了杨长年的文章之事，知道这个玩笑开大了，正惴惴不安之间，且听大帅劈头问道：“你知道‘名教’是什么吗？”李鸿裔既惭又惧，不敢答，只是一脸惶恐。倒是曾国藩笑着说：“别这样！眉生，你要知道：我所谓‘名教’者，彼辈以此为名，我即以此为教也！”

李鸿裔乃至于其他非道学派的幕僚此后才知道：曾国藩不是徒慕道学虚名而已，除了真以是辈之空言反求诸己，以养操守德行之外，他甚至还有借道学来钳制这些人、规范这些人的用意。试想：一个口口声声讲四维八德却长久苦无出身的人，会不会真能甘于苦、安于贫却仍志于道呢？倘若这种人言行原本不能如一，日久原形毕露，待不下去的也只有另觅出路——但是起码在曾国藩幕下，他们讨不了什么实质的便宜，名利皆不靠岸，还得装成一副圣贤嘴脸，憋得实在难受。

桐城文章天下知名，有清中叶以来寖成一大宗。桐城有个方宗诚，字存之，就是曾国藩门下的“圣贤”之一。这人是大文豪方东树的族亲，同辈异支兄弟。方东树，字植之，晚号仪卫老人，得古文正宗真传，人品也高。虽说是堂兄弟，这方宗诚比方东树小了四十六岁，约略瞻仰过族兄的教养，也很有机会接近前贤的私箧。于是他另有门道，窃取了一些方东树的未刊稿，游扬于公卿之间，坐享大名。

一开始的时候，方宗诚在吴竹如幕下，有逾墙窥室女的丑事，吴竹如不想曝白其罪，就暗中遣散了他。此后十余年间，方宗诚还是顶着族兄的名号、文章，在名公巨卿的幕下漂泊寄食，混得不算好。曾国藩驻节安庆时之所以会找上他，乃是因为看上他在为河南巡抚严树森所写的一篇弹劾胜保的文字。严树森在豫抚任期不长，是咸丰十年(1860)十月到十一年十二月之间。方宗诚凭一篇文字就跳进了龙门，此后竟与李鸿章称同门。李担任直隶总督时，这个方宗诚也成了独当一面的地方官儿，任直隶枣强县知县。

方宗诚干知县的时候，留下了许多道学遗迹。

有个富户人家夜半遭窃，查获贼某送到县太爷跟前发落。方宗诚先问富户有没有损失。富户说：家人警醒，才听见有凿壁之声就起床准备了，发现擒拿得早，没有财物损失。

方宗诚随即冲那富户慈眉善目地说道："这贼也是人生父母养的，迫于饥寒，始出此下策。本县不德，不能敦教化、感吾民——我实在很惭愧！但是人非木石草木，没有不能感化者。你呢，就权且将这人带回家去，要好生对待，晓以大义，养其廉耻。给他吃穿、让他受教育，就当是替本县代劳罢。千万千万不要以为他是贼，就苛虐他。本县或五日、或十日，就会着人来验看一回，看此人感格悔改与否。"

这就是当日的宣判了。做贼的非但没有发落刑罚，还找着个白吃白穿白住白玩儿的东家，俨然成为县太爷指定发放到富户家中的宾客。此后居处稍有不称意者，就跟那富户说："我身上可是有官命的！你不服？咱们上县太爷那儿论理去！"富户受不了，可又不敢放了贼去，因为五日、十日一验无人，可不就是轻纵罪囚吗？于是只有辗转托人向太爷那边儿行了一大笔贿赂，方宗诚才不再管这事，任由富户将那败家精赶走。从此枣强县便没有谁敢上报窃案的了——窃案率也就零增长了。

县里还出过一桩案子，说是有年轻的孀妇，没有子女，遗产约值千两银子。做小叔的觊觎这笔钱财，便逼孀妇嫁人。

孀妇不肯嫁，小叔子就告官控寡嫂“不贞”。

方知县把孀妇逮了来，说：“我看你不像是一个不贞的女子，你这小叔子真是荒谬之极！不过我替你打算打算：跟个恶小叔住在一块儿，也防不胜防；设若他再捣鼓出一些其他的来，你又能奈他何呢？”这孀妇连连叩头，请青天大老爷保护。方宗诚道：“你年轻，又没有孩子，依律是可以再醮的。”这孀妇也不是没有算计过，便道：“民女再醮，亡夫遗产就得归小叔子了。”方宗诚却道：“不然！本县替你作主，遗产还是归你所有，你小叔子抢不了你的去！”

有大老爷作主，这孀妇当然愿意再嫁。方宗诚连连称好，回头就问：“叫裁缝来！”原来县衙里有长年聘雇的缝工，是个鳏夫。叫来了便指着孀妇问：“此女可以配你为妻么？”裁缝斜睨那孀妇，还有一点儿姿色，当然说好。孀妇见那裁缝年纪亦与己相当，又是大人主议的婚约，想是错不了的，也点了头。方宗诚大喜，道：“本县替你二人作个冰媒，当堂即可成礼。”

这就“简单而隆重”地完婚了。裁缝急慌慌把孀妇往家里拉走；这厢方宗诚已经派遣衙役到那孀妇家尽取所有，搜刮一空。第二天，缝工来到衙中谢媒，并且提到女方前夫的遗产，方宗诚道：“你得了人，还想得财吗？未免太不知足了罢？这笔钱应该没入公库，你就回去好好儿过日子罢！”

枣强县每月都有例集，这种集会就是家家户户都可以来设摊一售的公共市场，所陈列者大多是平日所不易轻见之物，好让四乡八镇之民来买回去过日子。乡民来集，也会挑一些布帛菽粟之类的衣食用物来交易，此乃十分平常之事。

某日，又逢着月集。县太爷早在前一天便已传令，天才蒙蒙亮，就邀请来各地的绅士耆老，齐集于县衙大堂之上，叫衙役们将出少许酒食来，算是吃喝个意思、体面。随后大老爷有话说了：

“我写了几本语录，每一本都是切切关乎人伦教化之大旨者；既是本县读书学儒的心得，亦足以为天下教化。倒也不值什么钱，诸位就拿去，按照坊巷图捱家捱户散去，大有益于人心风俗也！”诸耆老以为这是赠品，称谢而去。孰料到了第二天，各地里长都接到了公文，要求按户实收语录的“刊资”——也就是印刷费——而且是按册清缴，这可是地毯式搜索，靡有厥遗，当然又海刮一老票。

方宗诚也有个族弟，叫方雅南，有一回打从家乡来拜访，想要有所请托，还没来得及开口，这方宗诚却像是先抢着了机会，道：“弟弟能来，太好了！为兄的薄俸所得，就是几十箱的书，要把这些书赍运回乡，传之子孙，又找不着合适的人。你来得恰恰好，可以替我护送这批书回去么？”

过了一天，方宗诚不知打哪儿搜罗来几十个大的空箱笋，命仆役备妥绳索，站在一旁伺候。他自己打从内室往外搬书，一函一函，其外盛之以木，其表复裹之以布。往来蹀躞上百十趟，堂上堂下的人儿次要上前帮忙，都教他给喝止了。一面流着豆大的汗珠，一面道：“昔贤陶侃每日早晚都要搬砖百枚，以习劳苦；我的书比砖块儿轻得多了，也还可以藉此习习劳，要你们帮的什么忙？”

书装完了，自己用绳儿捆扎结实，就放置在屋檐底下。当天晚上，倒是方宗诚的老婆把这小叔子叫了去，嘘寒问暖之余，随手指着窗外廊下之地，道：“弟弟路上稍稍留点儿心——这里边有数以万两计的白银呢！”方雅南大惊失色，道：“我明明看着是书啊！”嫂子笑说：“不然！银子就在书里，书函里头挖空了，每函正可以放两大锭银；一锭五十两，一函就是一百两。”方雅南大为骇异，怕途中有什么变故，自己担待不起，便改主意不肯护送了。做嫂子的却说：“你假作不知道就没事了。万一有个什么差池，罪不在你，嫂子之所以跟你说，就是让你在路上稍稍留意些罢了。”方宗诚此举显然高明：一来瞒过外人耳目，让他还得以维系一个“布衣蔬食敝车瘦马”的穷陋之态，二来也省了押运扈从的耗费。

挑看了这方宗诚的奸猾虚矫，故事就可以从另一个人身上说起了，此人赫赫，叫李鸿章。

· 天下瘦

在前清有那么个成规：皇帝谒陵之前，都得重修驰道，竣工之后，直隶总督要亲自走一遍，以示验看。这一年李鸿章已经干上直隶总督了，正要验看驰道这天上午，百官齐集，鹄立于道旁。李鸿章车驾一到，发现方宗诚也列班站在人群之中，遂上前拉手道故，状极亲昵。要说他俩有什么渊源呢？不都是曾老帅幕中待过的？可他俩连交接都没办过，怎么会如此亲密，一点儿都不像是制军和知县之间的公谊呢？道理很简单：他们一度都在老帅曾国藩手下干过幕吏，算是同门师兄弟。

这里，就要先从一副对子说起，破除了后人对历史人物简陋的刻板印象。李鸿章是安徽合肥人，翁同龢是江苏常熟人；李氏经营人脉是一把手，翁氏应付实务是一把手；李鸿章入枢府时，翁同龢正领工部尚书。所以有这么一副联语：

“宰相合肥天下瘦，司农常熟小民荒”。这副对子，显然并不怎么恭维李鸿章和翁同龢在“钱”这个字上的操守。

李鸿章是道光二十七年（1847）以翰林供职京师。其父李愚荃和曾国藩是戊戌（1838）同年，李鸿章还没登第之时曾经以“年家子”身份跟着曾国藩学习制艺。当上翰林之后都还时常到曾府上去请教学问、政事上的问题。直到咸丰二年（1852），曾国藩丁忧回籍，李愚荃带着李鸿章随侍郎吕贤基奉旨回籍治团练，从此就不通消息了。

李鸿章要打下自己的一片天，就得闯荡一阵。团练搞了一半，吕贤基在舒城殉难，皖北至此鱼烂不可收拾，李鸿章无奈又进入安徽巡抚福济的幕府。

福济，字元修，是李鸿章登进士第一试的“座主”（主考官），按例两人是师徒。然而福济根本不懂打仗，也没有“认真练兵”的兴趣。看李鸿章一意进取，又颇觉其轻躁，因此两人很不投缘。

太平军打到安徽来时，李鸿章看官军一味退避畏葸，很不是滋味，遂力请大举一战——甚至立下了军令状。军令状只证明了李鸿章的年轻，而不能保证战事的顺利。接敌之际但见太平军兵士漫山遍野、铺天盖地而来，合肥左近诸乡立时为其势卷没。是时，李愚荃先已捐馆他去，李鸿章与诸兄弟只好奉母走镇江。但他还是不甘心，复游走于敌前诸将帅之间、思图再举，但是已经落落无所合了。忽然闻听人说曾国藩在江西督师，于是走小道去求见——他知道曾国藩念惜故旧，一定会用他的。可通过音讯之后，李鸿章在旅馆里一待就快满一个月了，仍没有什么动静。

当时曾幕中主要的几名干员有程桓生、陈鼐、许振祎。陈鼐与李鸿章是丁未礼闱的同年，是以受托去跟曾国藩说项请用。陈鼐是个敦谨人，说得十分含蓄："少荃以昔年雅故，愿意侍奉老师藉资历练。"

孰料曾国藩劈头来了句："少荃是个翰林出身，翰林志大才高，此间局面狭窄，恐艨艟巨舰非潺潺浅濑所能容啊！这个少荃也是——为什么不回京供职呢？"

要说翰林志大才高，池浅难容，是不通的。陈鼐就是翰林院的庶吉士出身，为什么就能容了呢？曾国藩话一出唇，就知口误，连忙将语气缓下来，叹息之情溢乎词，藉资掩饰。掩饰什么呢？掩饰他那深恐驾驭不了李鸿章的心思露了底儿。陈鼐细腻入微，焉能不知？但是越有如此深细的心思周转，就越不能明白顶撞戳破，于是转了个弯儿道："少荃多经折磨，大非往年意气可比。老师何不姑且试用一番？"

话说到这一步，已经委屈至极，曾国藩再不答应，就是作难晚辈的意思了，遂点了头。孰料没过几天，师生二人就发生了冲突。

原来曾国藩每天黎明时分就要召集所有幕僚一块儿吃早饭，一边儿吃，一边儿还有公事交代。李鸿章一向不是惰睡憨歇的人，但是碰上这种一睁眼就要“会食”的场面，自觉应付起来耗神，不应付心里又犯嘀咕，索性托词头疼，不参加了。

不多会儿差弁一拨一拨地来请，最后连巡捕也来了，传曾国藩的话说：“非待幕僚到齐不许动筷子。”这可了不得了——分明看破了他这头疼是个幌子。李鸿章再也不敢怠慢，披衣而起、踉跄而行。一顿饭吃下来，曾国藩什么话都没说，直到众人都吃完，放了筷子，曾国藩才道：“少荃既入我幕，我有言相告：此处所尚，唯一‘诚’字而已！”说完起身就走。李鸿章这一下可吓着了。锐气因之而一挫，乖了。

· 旷世才

有人说这是曾国藩故意要挫挫他才发的脾气。但是就实际任命用事看来，曾国藩对李鸿章是十分倚重的。“傅相（按：李鸿章日后加太子少保衔，是太子‘师傅’，柄大政，故称‘傅相’）初掌书记，继司批稿、奏稿。数月后文正谓之曰：‘少荃天资于公牍最相近，所拟奏咨函批，皆有大过人处，将来建树非凡，或竟青出于蓝，亦未可知。’傅相亦自谓：从前历佐诸帅，茫无指归，至此如识南针，获益非浅。”

曾国藩幕中还有个主司章奏的李元度，字次青，号天岳山樵，湖南平江人。湖南人拗，平江人尤其拗得厉害。曾国藩派遣李元度守徽州，戒之：不许出战。李元度领命唯唯，可心里想的不外就是如何建功。一见某日时机正好，敌垒看似散漫无拘束，遂开城迎敌，准备大肆屠戮一番；孰料中了诱出之计，徽州竟因之而失陷了。

这还不算，人们一开始争相传说李元度殉难了。过了许久，李元度一人自诣祁门大营，居然毫发无伤。照说应该留营听勘，静候大帅发落的。这人还到处义形于色地抗声争辩：当时他打那一仗有多么多么深的道理。说穿了，还不过就是越畏罪、越要壮胆。曾国藩偏不急着处置，李元度居然按捺不住，就溜了。

是可忍，孰不可忍？曾国藩召集群僚，准备拟一个折子弹劾李元度。李鸿章跟李元度既是同僚，也共过患难，于是率领了一群要为李元度说情的幕吏，到曾国藩面前力争。还撂下话来："果必奏劾，门生不敢拟稿！" 曾国藩道："稿子我自己会写。"李鸿章接着说："如果这样，门生也就告辞，不能伺候了！" 曾国藩立刻道："听君之便！"

李鸿章果然走了，曾国藩也果然没有留阻。之后，李去了江西，闲居一年，适逢官军克复安庆，曾国藩由祁门移军于此，李鸿章写了一封祝贺老师建功的信。曾国藩在回信中说："若在江西无事，可即前来。"李鸿章立刻束装前往，这一回，曾国藩对李鸿章益发地敬重礼遇，一切军国要务，皆与筹商。意思似乎很明白：经过李元度事件之后，曾、李之间的歧异已经不是有无涵养气度的问题，而是人生整体价值感的扞格不入。那不是教训或浸润可以改变得了的，在曾国藩看来，李鸿章既属可以大用之才，就不必计较这样的差异了。

第二年，江苏商人士绅们雇船到安庆来请求援师，曾国藩二话不说，像是找着了个绝佳的机会似的，着即派遣李鸿章募淮军到上海参与保商卫埠的战役。李前脚才出门，曾便着手写了一篇密疏，盛赞李"才大心细，劲气内敛，可胜江苏巡抚之任"。

根据吴永《庚子西狩丛谈》所载，李鸿章晚年时曾有这样的觉悟：

我老师道德功业，固不待言，即文章学问亦自卓绝一世；然读书写字，至老不倦。我却愧一分传授不得，自悔盛年不学，全恃一股虚骄之气，任意胡弄，其实无有根底。

曾经在同治四年至十年（1865—1871）之间厕身曾国藩幕府，而于光绪二年、三年间（1876、1877）又居李鸿章幕府的吴汝纶，对于这两个中兴名臣有贴身的观察，他说：

吾壮时佐曾文正幕，四十以后佐李文忠幕，遭际亦幸矣！然佐曾公时，日有进益，而佐李公幕十余年，则故我依然。何者？

盖曾公每办一事，无适莫心、无入己见，但详告事由，命诸同仁各拟一稿以进，择其最善者用之，且遍告曰："某君文佳。"倘皆不合，始出己文。如有胜己者，则曰："吾初意云云，今某君文胜吾，吾用之矣。"即将己稿弃去。于是人争自琢磨。事理愈细，文思亦愈精。

李公则不然，每办一事，必出己意，曰："吾欲云云。"合其意则用之，不合其意则摈之；无讨论、无切磋，于是人争揣摩其意，无越范围者，而文思乃日隘。二公之度量性情于此可见，而其能作人（按："作人"者，作育人才之谓也）亦于是焉殊矣。

同治十一年（1872），曾国藩薨逝于两江总督官廨之中。李鸿章邮寄了来他亲笔撰写的挽联：

师事近三十年，薪尽火传，筑室忝为门生长。

威名震九万里，内安外攘，旷世难逢天下才。

别嫌李鸿章口气大，他所说的每个字都是实话。

《清史稿·列传第一百九十八》李鸿章的传中有这么一段记载：

初，鸿章办海防，政府岁给四百万。其后不能照拨，而户部又奏立限制，不令购船械。鸿章虽屡言，而事权不属，盖终不能竟厥功焉。三年，晋、豫旱灾，鸿章力筹赈济。时直隶亦患水，永定河居五大河之一，累年漫决，害尤甚。鸿章修复金门傍及南、上、北三灰坝。卢沟桥以下二百余里，改河筑堤，缓其溜势。别浚大清河、滹沱河、北运河、减河，以资宣泄，自是水患稍纾。

据说治永定河期间，总督衙门赊欠了一批木料账款，经年未偿其值。店家不耐久候，又恐督署根本是“片儿汤”，于是决定摘发。原本已经具状而控之，给刑部暂时压下来了。一看，不过千把两银子。刑部里的司官赶忙通知直督府，看能否在一二日内凑出这笔钱来，中间传话的是薛福成。

· 靴里样

薛福成，字叔耘，号庸盦（庵），是李幕中主掌洋务的长才。他接获消息之时，李鸿章正准备出门验看驰道，人已经坐在轿子上了，薛福成来不及说清楚，只匆匆道：“署中急需现银不敷用了。”李鸿章随口回问了一句：“差多少？”薛福成道了声：“不多——”才比了一根手指头，那轿夫班头误会了手势的意思，呼喝着就起轿了。薛福成没有身份再将轿子拦下来，一方面也怕耽误了总督行程，就抢上前跟了几步，隔着轿帘儿喊了句：“试想《临城谣》首句，大人！”

《临城谣》是近畿百姓哄传多年的一首短歌，随时而变异其词，大意皆不外揭露疾苦、诋諆时政。百姓不敢公然传唱，但是官司就算听见了，也毋宁愿意到歌谣里找些材料，以便修理政敌。《临城谣》的开头儿两句，总是："银南宫，金枣强，不见妻儿呼爷娘。爷娘流落他乡去，男为奴丐女为娼。"歌儿里的意思是说：直隶境内，除了号称金银二邑的枣强县和南宫县之外，都是穷荒野僻之地，男妇不安于室，生计无着云云。这话虽然夸张了些，其实也看得出：越是近畿之地，贫富差距似乎越是明显，古今并没有太大的不同。

李鸿章在轿帘儿后面听见这《临城谣》三字，登时就会了意。于是到现场一见有枣强县的方宗诚在，立即上前把住手儿，笑逐颜开。且看下面这一段生动的描述：

文忠（按：即李鸿章）一见即握手道故，同步驰道上。文忠好诙谐，忽谓方曰："尔官枣强有年矣！攫得金钱几何？"方肃然对曰："不敢欺！节衣缩食，已积俸千金；将寄归，尚未有托也。"文忠曰："可将来，我为尔赍去——我日有急足往来乡里也。"方称谢，即摸索靴中，以银券进。文忠曰："尔勿以赝鼎欺我，致我累也！"言罢大笑。道旁观者数万人，皆指曰："冠珊瑚者，中堂也；冠铜者，方大令也。"

皆啧啧惊为异焉。久之，以“循良第一”荐。

这里头有很繁复的官场文化，不解释，难以知其趣。

首先，我们要了解：这是上官向下僚索贿，而且是当众索贿，有好几万双眼睛瞪着看——虽说听不见他们的对话，总看得见方宗诚从靴子里拿出张纸片儿来的模样——这样不避耳目，当然不只是李中堂后台硬的缘故，还有这言谈自若的态度，能够用几个连珠也似的玩笑层层递出，看来诙谐轻松，若有意似无意，但是每一言片语，都酝酿着机锋无限。

尤其是李鸿章开口就诘之以“你捞了多少？”而方宗诚居然好整以暇地答以“千两”之数，看似彼此会心领情的默契就这样建立起来了。有趣的是底下李鸿章又看似开了个玩笑：“我有专程快递，替你寄送。”方宗诚也不马虎，当场献上银票——你敢要，我当然敢给——而且一看就知道：正吻合所需之数。最妙的是第三拍。李鸿章银票到手，还补了句：“你别拿假银票囫囵我，害我受累啊！”倘若是诚心代人寄递，问什么真假？一旦问真假，就必定不是代为寄递，而是存心干没了。然而不存心干没也不行——人家靴筒子里为什么刚刚好就是亏欠木料行货款之数呢？这不分明是有备而来的孝敬吗？后来端午桥（方）有两句带些打油气味的诗说得妙绝："靴里自惭无别样，能开足下几分怀。"即用此事。

方宗诚离开枣强县的时候任职已满五年，据说刮走了四十万两，全装在挖空了的书函里。去官之日，阖县民众早就准备下了粪尿溲勃之物，准备泼洒羞辱他一番，还是后任的知县先查访出这消息，把他用一顶不起眼的破轿子从小路送走，倒是运银的车马不得幸免，好生让老百姓用排泄物洗了个透臭，亦可谓狼狈之极了。

但是这老贪耄居然在安庆——也就是当年曾国藩克复而据以为基地的中兴名城——"置良田数百顷，起第宅于城中，又设巨肆于通衢以权子母。三十年前之寒素，一变而为富豪矣！迨方死，子孙犹坐享焉。"这故事，还真有个令人可以认真悲伤的结局。而京师里只能传出这样狗吠火车的谚语来覆按一切："黄金无假，道学无真。"

故事之外的故事

前引文说到李中堂的珊瑚顶，以及端午桥那两句谐谑的诗，就不得不补一个注子。《清朝野史大观·清朝史料卷上·王公降袭次第》云：

清初宗臣贵胄，统称贝勒，至崇德元年（按：皇太极称帝，建元崇德），定亲王、郡王、贝勒、贝子、镇国、辅国二公，皆冠宝石顶，以补服翎眼为差次，统名曰：入八分王公。其不入八分公，及镇国、辅国将军，皆冠珊瑚顶。

端午桥的原诗是一首七律，骂李鸿章不带半个脏字儿，却切中肯綮，鞭辟入里，居然能从珊瑚顶说到寒食节，尽将一代名臣的款款私衷暴露无遗。先把原诗抄在这里：

珊瑚顶子八王台，三眼花翎问剪裁。
放踵何妨多割地，刮皮岂便不成灾。
热中肠腑消寒食，无底橐囊趁有财。
靴里自惭无别样，能开足下几分怀。

此诗头联二句，说的当然是李鸿章位极人臣，封赏冠有清，唯花翎得而复失、失而复得，升沉之剧，也有点儿难看。颔联先用《孟子•尽心上》“墨子兼爱，摩顶放踵利天下，为之”起句，似褒而实贬，仿佛是说：为了国家奔走四方，脚都磨伤了，那还不如多割让些江山，让自己的国家变小一点儿，奔走起来就不那么累了，此句所刺，当然是马关议约之事。至于万一不留神将“八王”看成了“王八”，我想端午桥也不至于反对。

至于“刮皮”，是有故事的，李鸿章跟下僚接谈，往往喜欢开寻衅玩笑，什么叫寻衅玩笑呢？就是言谈间故意露出些揭人疮疤的味道，使人于窘迫难言之际赔笑解惭。像是李岳瑞《悔逸斋笔乘•李文忠轶事》就记载着李氏接见广东新任藩台裴伯谦时，开口第一句话就说：“你要刮广东的地皮去了罢？”端午桥用“刮皮”作典，可知李鸿章如此谈锋，是惯例。颈联以“热中”“寒食”“无底”“有财”同句作对，十分巧妙，所揭露的，当然还是李相国对于名利之绝不松手，正因为自己是这样的人，所以开起他人的玩笑来，也总是黄金黄金，如假包换的一颗黄金赤忱。

寒食与热中·中国式治术的深层化妆

权力的内在有两个动力：一个是支配欲，一个是被需求欲。几千年来，中国的帝王对前者丝毫不假掩饰，对后者却往往讳莫如深。所谓治术也者，往往就是替统治者掩饰他“被需求的渴望”而已。《书经·仲虺之诰》里所谓的：“徯予后，后来其苏。”《孟子·梁惠王下》里所谓的：“傒我后，后来其苏。”其实已经把统治者的主观渴望扭转为老百姓的主观渴望。这个转化让统治者最心动的部分是：“统治”这件事不出于自己的意志，而是出于他者的意志。这个“他者”，可以是天，也可以是民，只要不显然是统治者本人，政治正确性就卓然成立了。

· 帽子里的蝎针

皇帝如此，臣下也不得不如此。皇帝既然要隐匿他统治的意思，臣下当然也该有一套隐匿他分润统治权力之意的手段。于是就有所谓“征士”这个词儿。“征士”是个什么意思呢？如果把“征”看做动词，把“士”当成宾语，则“征士”就是皇帝征召贤良的行动；如果将这二字看成是一个复合词，则“征士”反而是“不接受朝廷征聘的隐士”了。

“不接受朝廷征聘”和“朝廷不予征聘”在现实中的结果是一样的，可是其间的差别大了。颜延之为陶渊明作《陶征士诔》，说他：“有晋征士，浔阳陶渊明，南岳之幽居者也。弱不好弄，长实素心；学非称师，文取指达。在众不失其寡，处言愈见其默。”可说是不惜把陶渊明形容得都有些呆了。在《昭明文选》六臣注本里，张铣为这篇著名的诔文作题解时写道：“陶潜隐居，有诏礼征为著作郎，不就，故为征士。”陶潜也许真不想去编国史，可是由他起，“征士”成了一种极有价值的资格。清代的赵瓯北《陔余丛考·征君征士》有云：“有学行之人，经诏书征召而不仕者，曰征士，尊称之则曰征君。”

至于“征君”这个尊称，起源更早，东汉时代的黄宪富于学，他的朋友劝他去做官儿，他也不推辞，到京师洛阳去打了个转，就回家了——至于转这一圈，究竟发生了什么重大的事？我们不会知道，我们只知道他“暂到京师而还，竟无所就。年四十八终，天下号曰‘征君’”。

征君也罢，征士也罢，明明有一个“不接受”的事实在，可这事实部分却越来越不重要了。人们大可以这样说：陶渊明没肯干著作郎，但是毕竟当过彭泽令不是？既入功名场中，像黄宪那样“暂到京师而还”地跑上一趟，毕竟也十分可疑。坦言之：征而不就，反而成了一种资格。就如同皇帝所标榜的一样：进取，不是出于被征召者主观的渴望，而是出于来征召的他者。

《儒林外史》里头有个庄绍光，“十一二岁上就会作一篇七千字的赋，天下皆闻。此时已将及四十岁，名满一时。他却只闭户读书，不肯妄交一人。”可是杜少卿和迟衡山一去拜访，他说见也马上就见了。这还不算，当杜少卿提出祭泰伯祠的大拜拜计划，请庄绍光帮忙考订“要行的礼乐”之际，庄绍光又立刻告诉他：“但今有一事，又要出门几时。多则三月，少则两月便回。”到底是什么事呢？原来是一个刚从浙江巡抚调升礼部侍郎的徐穆轩把庄绍光给“荐了”，“奉旨要见，只得去走一趟。”庄绍光成了庄征君了。“荐了”你，你就要去见吗？庄绍光的说词是：“我们与山林隐逸不同，既然奉旨召我，君臣之礼是傲不得的。”

小说作者吴敬梓告诉我们：庄征君在嘉靖三十五年十月十一这天晋见了皇帝。因为头疼难忍，无法安心奏对，出宫来才发现是头巾里不知何时钻进一只蝎子，于是大叹："'臧仓小人'，原来就是此物！看来我道不行了！"遂上了十策，并一道恳求恩赐还山的本子。其实此公就算没给蝎子螫着，他的官照样做不成，因为皇帝身边的太保所说的话才是关键："庄尚志（绍光字尚志）……不由进士出身，骤跻卿贰，我朝祖宗，无此法度，且开天下以幸进之心。"谁算得清这一周折之下，究竟庄绍光还算是个"征君"吗？不过，小说里从庄绍光入京"涮"这一趟的路上起，就改口称呼他"征君"了。

顺便说明："臧仓小人"——这个典故也出自《孟子·梁惠王下》。说是鲁平公本来要备车出宫去见孟子的，偏有平公的宠臣臧仓作梗，借口孟子厚葬其母而薄葬其父，不像是个明礼知义的贤者，劝平公不必往见，其事遂寝。这一段，孟子算是给"征"到一半儿。

但是孟子坚决不承认"不遇鲁侯"是由于"臧仓小人"的缘故，所以他说："臧氏之子，焉能使予不遇哉？"他认为那是"天"的意思。然而，这仅仅是"孟子不遇鲁侯"的片面。至于鲁侯不能见孟子的另一片面呢？孟子也说得很清楚："行，或使之；止，或尼之；行止，非人所能也。"（他要来，是有人怂恿他来；不来，是有人阻止他来；但是来或不来，却不能算在旁人的账上。）孟子看得很清楚：统治者在行使其支配权的时候，责任必须自负；但是统治者的是否兼听或偏信——比方说："鲁平公是不是宁可亲信臧仓而非孟子呢？"这个问题却根本不是孟子所关心的，也不是孟子认为在他的地位所宜于窥探的。

回头说征君、征士。

因为征君、征士这种原先真不想做官儿的事，后来演变成真想做官儿的表演，透露着虚情假意，成为君臣之间一种半推半就的仪式和游戏。鲁迅《集外集拾遗·帮忙文学与帮闲文学》就说："中国是隐士和官僚最接近的，那时很有被聘的希望。一被聘，即谓之征君。"不接受征召成了幌子，"征君"居然成了资格。

当然，隐士徒具形骸，终南大有佳处，这样的结果并非"征聘不赴"仪式的目的。君臣们玩之不厌，一方面是让皇帝不断地显示"尧舜氏辟四门、明四目、达四聪、通下情"的美德；一方面似乎是有意让臣子们的"被需求欲"也得以透过遁逃、辞让、谦退来反复压抑。

· 火焰里的谣言

这就说到寒食节了。《周礼卷三十六 • 秋官 • 司烜氏》记载："中（仲）春以木铎修火禁于国中"，可知"火禁"是一个与自然节气有关的节日，所谓"修火禁"，就是派人敲打着木铎，到处宣示可以举火、不可以举火的所在，提醒小心火烛。事实上寒食不只在春天有，冬日、夏日也是有的，只要天干物燥，易于引火成灾，都有"修火禁"的警告——谓之警告，就是说不一定完全不许举火的意思。《周礼补遗 • 卷七》采俞庭椿说："寒食修火禁，未必禁绝举火，木铎以警之，如家人乐（按：家人乐，可以解作里巷歌谣，庶民经常唱奏的音乐）。"

但是，寒食日或寒食节流衍到后世，除了春天的那一日还保留着，夏、冬两季的不知打从什么时候起就退流行了。此外，寒食还和踢足球有关。刘向《别录》有"寒食蹋蹴"之语，似乎在寒食日确有例行的足球赛事。另，《汉书 • 卷五十五 • 霍去病传》述："然少而侍中，贵不省士……其在塞外，卒乏粮，或不能自振，而去病尚穿域踏鞠也。""踏鞠"，就是"踏蹴"，"蹋蹴"者，踢足球也。塞外踢球，还得特别为霍大将军挖凿一间覆盖着毛皮的踢球房，其不恤士卒可知——但是霍去病大冷的天想起踢球，与刘向《别录》里所谓的“寒食蹋蹴”好像还有一点儿关系，这是宫里带出来的习惯，寒节寒食，不踢踢球、驱驱冷意，应该很不舒服。

可是寒食节带给后人最大的误会就是这一天与介之推的关系。原先，寒食之日订于清明前一或二日，是从上一个冬至日推算过来的。南朝梁宗懔《荆楚岁时记》：“去冬节一百五日，即有疾风甚雨，谓之寒食。禁火三日，造饧（即糖）大麦粥。”但是，如果依照《后汉书•卷六十一•周举传》的记载，早在东汉时代，就由于地方民俗之故而使这个“以木铎修火禁”的日子变成不许吃热食的日子：“太原一郡，旧俗以介子推焚骸，有龙忌之禁。至其亡月，咸言神灵不乐举火，由是士民每冬中辄一月寒食，莫敢烟爨，老小不堪，岁多死者。”

不管是介之推还是介子推，故事不外是此人在晋文公还是公子重耳的时候，曾经于亡命出奔之际，割下自己的一块腿肉献食，后来重耳即位，介之推隐于绵山，晋文公促请他出仕不就，遂引火烧山，迫之使出，结果介之推抱树而焚死。老百姓相约在他的忌日不举火，算是悼念其人，彰表其义。序起先后来，介之推比刚才说的黄宪早得多，可谓“征君”之远祖，而且是真的“征君”——真的“征君”意思就是死的“征君”。不过，把介之推、寒食、征君这三个词联系起来，会使得《太平广记·卷二百六十》里一则题名为《征君》的故事别有意趣。

在进入这个故事之前，可以先了解一下寒食日到底该吃些什么的问题。

《岁时广记·寒食上·冻姜豉》引宋吕原明所写的《岁时杂记》描述："寒食，煮豚肉并汁露顿，候其冻取之，谓之姜豉，以荐饼而食之。或剜以匕、或裁以刀，调以姜豉，故名焉。""寒食以糯米合采蒻叶裹以蒸之。或加以鱼鹅肉鸭卵等。又置一叶于其下者。"可见不举火不表示不“大吃”，而且还吃得相当讲究。到了清代，就有“香椿芽拌面筋、嫩柳叶拌豆腐，乃寒食之佳品”（潘荣陛《帝京岁时记胜·时品》）这种带些风雅况味的小吃了。不过，晋陆翙写《邺中记》的时代，还是“寒食三日，作醴酪，又煮粳米及麦为酪，捣杏仁煮作粥”。

· 奶妈敲的杏仁

杏仁粥?《太平广记•卷二百六十》的《征君》出自《玉堂闲话》:唐肃宗到代郡去,“征于贤良,下诏搜山林草泽,有怀才抱德及匡时霸国者,皆可爵而任之。”

结果从灵武来了这么个征君,穿一身草衣,蹑一双芒鞋,打扮得极素朴。肃宗连忙召见,问他对时事得失有什么看法,终无一言以对。但见他再三打量着皇帝,说:“为臣有所见,陛下知之乎?”你不说他怎么知道呢?皇帝只好说不知,那征君冒出来这么句话:“陛下比从前在灵武的时候瘦了啊!”皇帝只得应之以“宵旰劬劳,以至于是”。从此那征君又不发一言。皇帝这时也差不多知道这人是个什么样的货色了,原本是可以打将出去的,又怕“闭将来贤路”,最后还是给赏封为某邑之邑宰。

寒食节将到的时候,京兆司挜着县分索讨杏仁,作为贡奉之用。这位征君出身的邑宰大以为非是,入京抗疏,势有不可止者。京兆司不敢拦阻,只好让他见皇帝一面,看看他究竟有什么高见。结果他上奏的内容竟然是:“陛下要吃寒节杏仁,我来一个一个敲给你吃,可得先说下,敲给陛下吃了,就不能再要带壳儿的啦！”

我对这位征君的故事极有兴趣。他是“征君”“征士”这种角色的典型。一副淡泊明志、宁静致远的形貌，看上去洵洵如也，其实彻头彻脑是个空壳子。这种人或则没有坏心眼儿，不至于作恶，也可能真没野心，但是他的统治者为他打造的“隐士”躯壳是这一套政治机制里最虚假的东西，故作家人语以示纯朴慈爱，掩饰了热中权力的心肠，其实深刻收藏的还是一副巴结主子的烂骨头。有趣的是这位“征君”恰恰把这个假象挪移成另一个假象：他把自己装扮成皇帝的褓母、扭曲成皇帝的奶妈，消解了“征君”这种角色里所有的政治意义。

更妙的是“寒食”这个背景的点缀。从介之推成为太原一郡之民所纪念奉祀的贤良烈士之后，这个节日就没能逃脱出君君臣臣那一套。直到这位要亲手为皇帝敲杏仁的老兄“出土”，我们才有机会把“征君”假面后头空洞的人格看个仔细。这些人，其实不会真心诚意认“寒食”的账，他们都“热中”得很，“热中”什么？“热中”又是什么？还是要从孟子说起。

• 一腔子的热中

《孟子·万章上》："仕，则慕君；不得于君则热中。"今天我们说某人热中于什么活动，使"热中"这个词儿像是一个描述心理甚至实际活动的动词，然而在孟子那里，"热中"所状述的是人的一种情态。被需要欲的不能满足，就是热中。

李鸿章"少年科第，壮年戎马，中年封疆，晚年洋务"。慈禧六十岁生日那年正月初一，光绪还下诏赏戴三眼花翎，在汉大臣中，可谓有清以来绝无仅有者。但是甲午衅起，李鸿章在战前对局势的评估再务实不过："缓不济急，寡不敌众，此八字无可辞，战事真无把握。"戴了几个月的三眼花翎当下又给摘了去。

当时物议喧呶，连唱戏的都轧上一段讽谑——据高拜石《古春风楼琐记·卷十六·以夷制夷而制于夷》引李伯元《南亭亭长笔记》："刘赶三（按：皮黄丑脚名伶）于《鸿鸾禧》（按：金玉奴棒打薄情郎故事）中金团头[1]交代杆儿（丐帮传帮信物）时，谓其伙伴曰：好好地干，不要剥去了你的黄马褂，拔去三眼花翎。其时文忠犹子（兄弟之子）某在座，闻之怒，上台立掴赶三，赶三因此气郁亡。"但据刘广定教授引刘嗣《国剧角色和人物》所述，刘赶三于甲午开战前一个月即已身故，因此此处恐怕是他人假托赶三之名，却足见李氏的处境实大有“国人皆曰可杀”之窘迫。要不是日本人暗示：要谈判非同李鸿章谈不可的话，也不会又赏还了花翎，派任为马关议和的全权代表。议和以割地赔款了局，满人的老巢辽东半岛割掉了，东南的门户台湾割掉了，每年还得向日本缴交两亿两白银，中外交涉之失败，莫此为甚。

吴永的《庚子西狩丛谈》曾经引李氏自己说明当时心境与处境的话：

今人多讳言热中二字，章独不然；即予目前，即是热中。仕则慕君，士人以身许国，上致下泽，事业经济，皆非得君不可，安能不热中耶?

这段话，是李氏亲口对吴永说的，吴永在记述此言之后立刻接写李氏奉派出贺俄皇加冕，并顺道游欧事。其笔底春秋，妙不可言，且足以彰显“热中”的涵意：

以公之名分地位，此等使差，并不算一回事，然公意颇似非常愉快，尝向余等作得意语曰：“我办外洋交涉数十年，不敢谓外人如何仰望，但各国朝野，也总算知道中国有我这样一个人。他们或喜欢与我见面谈谈，也是普通所有之事，究竟耳闻不如目见；我亦藉此周历一番，看看各国现象，可作一重底谱。在各国尚有许多老友，昔年均柄过国政，对手办事，私交上颇相投契的，现在多已退老山林，乘便相访一遭，亦是快事。”

甲午春帆楼议约是一个重大而贻祸深远的谈判，俄、德、法三国挟干涉还辽的几场口水游戏向清廷市恩，李氏“联俄制日”的战略构想竟至引狼入室，是从这个过节上开始的。就算这种误判有客观上俯仰由人的不得已之处，可是日本方面非李氏不开议的用心果真为此老所洞见乎？所未及见乎？即令以中人之智，加上他对日使陆奥宗光私人的了解，应可于谈判之前就了然于日方“以消去法点名”的动机，不外是相中他踧踖无聊的“热中”心情，也绝对要利用他有鉴于曾国藩晚年“求退无益”的教训而必须揽事自任的怀抱。另一方面，日本人当然也看得出李氏欠缺纵横捭阖之能力与魄力的弱点，其“性恢廓”、“风采凛然”、“时以诙笑解纷难”的气质和交际手腕，正是他吝于死缠烂打以求周旋备至的罩门，其实也早已尽在日使眼中。

难道这不就是谈判对手未谈而先判的一着“定石”吗?李氏慷慨之自任，难道不正是因为拔去花翎的“不得于君”而“热中”的结果吗?如此看来，热中反倒是通向误国的津梁了。“我办外洋交涉数十年，不敢谓外人如何仰望，但各国朝野，也总算知道中国有我这样一个人”的确是得意的——这番话倒让我想起另一个“联金制辽”的议和之人来。

· 少不得的一个我

童贯（1054—1126），字道夫，开封（今属河南）人，年少时出自宦官李宪之门。初任供奉官，在杭州为宋徽宗搜括书画奇巧。同时依附蔡京，取得从政地位，再与之相互勾结。当时人称蔡京为“公相”，而童贯即为“媪相”（因为他是宦官）。日后童贯能到西北监军，掌虎符二十年，不是没有本事。《宋史·卷四六八·宦者三》说他：“握兵二十年，权倾一时……状魁梧，伟观视，颐下生须十数，皮骨劲如铁，不类阉人。有度量，能疏财。”当童贯贵盛之际，被称为“六贼”之一。《清波别志》上记载当时的一首谣谚：“打破桶

（童，指童贯），泼了菜（指蔡京），便是人间好世界。”另一首见于曾敏行《独醒杂志》：“杀了穜蒿（指童贯）割了菜（指蔡京），吃了羔儿（指高俅）荷叶（指何执中）在。”足见其权倾一时之概。

政和元年（1111），童贯奉命使辽，邀马植（后改名李良嗣、赵良嗣）归宋，开“连金灭辽”之议。十一年之后的宣和三年（1121），宋军攻辽失败，乞求金兵援助，代伐燕京，童贯因此而受封广阳郡王。宣和七年（1125），大宋求来的盟友金发兵攻宋，童贯在太原听到消息，逃回汴京，随徽宗南窜。没过几个月，钦宗即位，童贯的时代就结束了。

陆游《老学庵笔记》有这么一则，记载了童贯被杀之前的一段经历，时在靖康元年（1126）七月：

童贯既有诏诛之命，御史张达明持诏行，将至南雄州，贯在焉。达明恐其闻诏引决，则不及明正典刑，乃先遣亲事官一人往见贯。至，则通谒拜见。贯问故。曰：“有诏遣中使赐茶药，宣诏大王赴阙——且闻已有河北宣抚之命。”（贯）问：“果否？”对曰：“今将帅皆晚进，不可委寄；故主上与大臣熟议，以有威望习边事，无如大王者，故有此命。”贯乃大喜，顾左右曰：“又却是少我不得。”明日，达明乃至……[2]

“不得于君”的热中人心情不会有太大的不同，他们的“被需要欲”受到严重的挫折，看来这比不能遂行支配欲要严重得多。细细琢磨童贯那句“又却是少我不得”，是不是和订了《中俄密约》、招虎护院的李鸿章所慨然自诩者差不多呢？这种“舍予其谁任能之？”的抱负，其实果然有害！

最后抄两条资料作注：

[1] 团头，最早提到乞丐组织的书，大概是明朝冯梦龙的小说集《喻世明言》卷二十七中的《金玉奴棒打薄情郎》，文中的金玉奴正是乞丐们的“团头”金老大之女，金老大乃杭州世袭七代团头，管一城乞丐，故事发生在南宋，想来北宋的情况也相去不远。

宋代的市肆是以“团”或“行”为单位，“行”有鱼行、菜行等，其头目就称“行老”；“团”有花团、青果团等，头目即“团头”，一如今日之同业公会之类。有些没团行组织的行业，例如活跃于其中的乞丐们就借用了这个单位划分地盘，而他们共同的领袖就叫团头了。

武侠小说中的全国性乞丐组织，想来在交通不发达的宋代不太可能出现，那个时代应该只有地方性组织而已。即使到了清末民初，也仍旧是地方性组织。

如清代以县为单位，管乞丐之行帮首领称“丐头”，多是黑帮、地痞流氓或仗衙门势力当上的，以“杆子”（打狗棒）为权力象征。他们有完整组织，新乞丐一定要先报到，平日乞取所得要交部分予丐头，常受丐头剥削，不过也换来丐头的保护。

清末民初的丐帮组织，较大型的有京城“蓝杆子”（贵族乞丐）和“黄杆子”（普通乞丐）、山东宁津县“捻子”、吉林海龙的“大筐”和“二柜”、内蒙古“梁山”等等，即使今日大陆，也还有这一类丐帮组织的存在。

[2]《老学庵笔记》在童贯伏诛之后还写下这么一段荒怪的轶闻，而荒怪却足以显示童贯也算个奇人了：“贯既伏诛，其死所忽有物在地，如水银镜，径三四尺，俄而敛缩不见。达明复命函贯首自随，以生油水银浸之，而以生牛皮固函。行一二日，或言‘胜捷兵’有死士，欲夺贯首，乃置首函于竹轿中，坐其上。”

故事之外的故事

从这第一个注子里的“团头”，总让人想到丐帮；人们也总是受武侠小说的影响，说起丐帮就想到棍法。其实，丐帮里最得意的一门功夫是“说笑”。毕竟是最卑微低贱的底层人，看什么都隔一截儿、冷一段儿。

笑话，就得有这么一个不涉身的距离，而苦中作乐似乎成了一门技艺。明代以降，居然有记载提及：要请专门说笑话的人到大家宅户堂会时穿插说笑，得委请丐帮物色——美其名曰物色，是为了不能明说要找个叫化子来家里逗趣儿。清石本立《两京闲话》曾经有这么一条：

太原任氏，豪富人也，阖家爱诙谐，终日科诨往来，笑谑无已。犹未惬，乃遣子弟之佻达颖悟者，随丐杆南北，习其术，毕其艺。久之，渐为丐所觉，将逐焉，子弟奉以千金，曰：“从君所习，殆和乐传家，万世之宝，薄赀敬奉，千祈笑纳是幸。”

这段记录说明丐帮中人不只会开玩笑、爱开玩笑，还有一套可以教学传习的开玩笑“教程”。而任家父老大约并不担心子弟日后的生计，他们认为能开玩笑、会开玩笑，才是子子孙孙常保和乐的秘诀。后来任家还当真有人编了些笑话书，当作善书一样流传。这书最初叫《笑泮》，有些篇章实在荤得厉害。大体而言，对于各行各业的人士都不少挖苦，其中嘲谑最多也最深的，就是读书人。对于乞丐，则并无只字片语之不敬，因为坊间流传的笑贫闲话似乎已经太多了，连会说笑话的叫化子们都吃不了了。

一个村塾先生见稳婆（按：即收生婆）姿色美，欲诱之，乃假妆妇人将产，请来收生。稳婆摸着此物，大惊曰：“我收生多年矣，有头先生者，名为顺生；脚先生者，名为倒生；手先生者，名为横生。这个鸡巴先生，实是不曾见过。”

这个段子后来经山东五人帮之流的地方剧团推广，居然搬上了皮黄戏的舞戏台，有回贴演《十八扯》，一个不知收束的伶人还跟同台的丑行徒弟即兴插出了这么个段子，结果遭士子纠举，几乎酿成大狱。

仔细一回味，经不起玩笑的，读书人属第一。

从丑行到讽世·唯鄙言冷笑足以敌恶政

清代有位极富盛名的丑角儿刘赶三，京伶丑行中称第一。

光绪初年，禁中演戏，扮《思志诚》一出，刘赶三去一个老鸨子，客人来了，老鸨子得吆喝，刘赶三当时的词儿是这样的：“老五、老六、老七，出来见客呀！”

都下妓女，以排行相呼，这是不错的。可刘赶三另外藏着哏——当时台底下一同看戏的是惇王、恭王、醇王，惇王行五、恭王行六、醇王行七，这是有意戏弄了。恭王本性脱落潇洒，喜诙谐，闻之大乐；醇王素性恭谨，虽然听了不高兴，守着太后在座，却也不便有什么表示；惇王则严肃刚正，一听这词儿，勃然大怒，以为非礼之甚也，当场唤过侍者来，将刘赶三拿下台来，重杖四十。

· 总得目中无人

还有一回，甲午战败，李鸿章一方面遭革职，一方面还受“褫夺黄马褂、三眼花翎”的处分，可谓羞辱之极。刘赶三这时正在贴演《丑表功》（一说《鸿鸾禧》）：

京伶刘赶三演《丑表功》一剧，忽插白云：剥去你的黄马褂，拔去三眼花翎。为李伯行兄弟所闻，找了一些人，自伺刘赶三演毕回家时，在路上狠揍一顿，刘因此受了重伤，一夕而亡。（高拜石《古春风楼琐记》）

根据李伯元《南亭亭长笔记》则略有不同：

刘赶三于《鸿鸾禧》中金团头交代杆儿时，谓其伙伴曰：好好地干，不要剥去你的黄马褂，拔去三眼花翎。其时，文忠犹子（按：侄子）某在座，闻之怒，上台立掴赶三颊，赶三因此气郁而亡。

无论如何，刘赶三可以算是因言贾祸，也可以算是为艺术而牺牲。刘赶三死后，许多人还怀念他台上的风趣、台下的冷隽，犹时时有人述及。到了李鸿章签订《马关条约》，国人皆以卖国之贼视之，乃有这么一副对联：“赶三已死无苏丑，李二先生是汉奸”。（但据刘广定教授确证：刘赶三乃京丑，而非说苏白的苏丑，此联应是“杨三”的讹误——杨三，即杨鸣玉，原为南昆名丑，进京后改入京班献艺。杨约与刘赶三同时，并与赶三同列“同光十三绝”——也可见刘赶三名头之盛。）

刘赶三之后而有赵仙舫。赵仙舫原本学的是旦角儿，可年岁越长越大，面貌越长越丑，成了个大鼻子，丑到了什么程度呢？他一出上场门儿，就逗得观众发噱，全园子一乐，连板眼都听不清了。于是只好改行学丑。

赵大鼻子有相当程度的旧学，知道历史兴亡的许多故实，还通一点医术，所以在戏台上表演，喜欢串弄些咬文嚼字的段子。此外，演出之际又独创一部“涉事成趣”的工法，为了醒人耳目，常添加一些冷语。尤其喜欢在对白里加上新名词、新语汇，使用得巧妙，既不违背原先的剧情，还可以增加一种脱逸出剧场范围的佻达。比方说在演出《探亲家》的时候，道及生活苦楚，便在说白中自铸新词，曰：“熬到民国八年，开了国会就好了！”这种词儿，一方面显示了当时举国百姓望治心切的共同渴望，但是赵大鼻子唤起的笑还远甚于此——他更早地看出这迫切期待的里层，仍就是老百姓因百无聊赖而产生的自我安慰而已。

这种填新词以插科打诨的创造力未必尽如人意。有些团体不敢请赵大鼻子演戏，怕他在台上惹出刘赶三当年的麻烦。最著名的一次是留学生考试以后举行授职团拜礼，说要请他演戏又不请了，闹出了不小的风波，赵大鼻子也把这经历编进日后的戏文里去。在《鸿鸾禧》里，他当然也去金团头儿，故意对女儿说：这莫稽一旦成了功名中人，会舍弃糟糠之妻。赵大鼻子新改的版本是："这些人功成名就了，就连请爸爸吆喝两嗓子的骨气都没了！"

有一天，内廷里演《尼姑思凡》。故事说的是赵氏女年幼时进了仙桃庵做女尼，法名色空。色空后来因为不甘于青灯古佛、了此残生，却向往繁华人世的热闹生活，几经挣扎，最后扯破了袈裟，私逃下山，遇见一个叫本无的小和尚，俩人一同去了。

赵大鼻子去的是仙桃庵的老尼姑，也设计了一个极妙的段子，向戏中角色介绍庵里陈列着的佛像——他扮这老尼姑得面对在座的王公贵人，手指着这些高人一等、且威慈难测的大爷，一个一个轮着介绍："这位，是某某天尊；这位，是某某菩萨……"等快说到皇帝和太后身边的时候，自然站着许多随扈的太监，赵大鼻子忽然故作不经意泄露江南口音似地指点着太监们朗声大叫道："唉哟！阿弥陀佛了我说怪怪隆地咚——这些！都是善人哪！"在场的一听，不约而同地都大笑起来。善、骗同音，善人，就是骟掉的人的意思。

· 还得随机应变

京戏丑角必须具备“即景生情，随机应变”的能力，这得靠天分，还得不断地努力训练，据说一个名丑的冷隽功夫得练到真实生活里遇上极大的痛苦、挫折甚至灾难，都得不动声色。这种修养，往往还真不是人人都练得的。

赵大鼻子之后不久，就是王长林的时代了。当时有个刚出道的年轻丑角马富禄，还在坐科，有一回跟着王长林同台演《琼林宴》，去俩公差。未演之前，另一位日后也堪称是一代丑宗的萧长华提醒马富禄：“要好好儿地陪着王先生演，学他的玩意儿。”这话已经有暗示的意思了：今儿有你学的。马富禄自然不敢大意——显然的，萧长华这是给递了个消息，王长林今天儿要给出难题。

原先《琼林宴》戏文里有两句词儿：“中状元名扬天下，身披红帽插宫花。”由俩公差一人各念一句。王长林该念上句，马富禄该接下句。可这一回王长林根本没按着原先的本子念，他念的却是："新科状元没地方找——" 马富禄一听，知道机关来了，立刻一抖擞，嘴巴接下来的时候，词儿还不在脑子里呢，他只有硬着头皮找韵凑句儿，道："急得咱们哥儿俩到处跑！" 这也是即兴而成章，脱口就有，浑然天成。演完戏之后，王长林对萧长华说："马富禄将来一定有造就！"

其实，不只是丑角须要临机应变，任何一个角色都须要这种能力。一位扮演县官的须生，再次上场的时候忘了戴髯口，台下的观众一眼就看出来，几乎都已经笑开了。这位演员一开始还不知道观众乐些什么，等一捋胡子，才发觉胡须没戴，于是急中生智，加了一段儿台词："嘿嘿——好不容易花钱捐了个官，无有胡须又压不了众，只得弄了假的戴上。回到府中，总得舒坦舒坦；这就叫'人前一面，人后一面'——来人哪！老爷要升堂了，去至后堂，把老爷的胡子取来戴上呀！"

名旦陈德霖多次在慈禧太后和光绪皇帝御前献演，据说都是因为第一回唱《玉堂春》的时候陈德霖随机应变、拿捏得宜之故。陈德霖当然是去苏三。苏三被解到都察院时有几句唱词："来在都察院，举目往上观，两旁的刀斧手，吓得我胆战心又寒，苏三此去好有一比——" 唱到这儿，苏三一停，解差崇公道问："比做何来？"苏三接着该唱："羊入虎口，有去无还。"

可偏就在陈德霖这么一停顿之间，无意一瞥那正听着戏的太后老佛爷，但见她面容肃穆，神情威吓，像是正在等待着要发生一件十分险恶之事。陈德霖心念电转，想起下一句词儿来，也同时想起慈禧是己未年生人，肖羊——羊入虎口，那还了得？就在这千钧一发之际，陈德霖立刻从另一出也有"太后"角色的戏——《二进宫》——里得到了灵感，把"羊入虎口"改成了"鱼儿落网"（杨波唱词："我好比鱼儿啊穿过了千层罗网——"）。陈德霖唱时偷眼瞄了一下太后老佛爷，老佛爷忽而露出了笑容，正跟一旁的"善人"说："这伶工，有窍儿！"

· 也得招惹权贵

丑行的趣味究竟不是为巴结权贵而设的。绝大部分在民间书场上制造趣味、产生冲击，甚至激荡起广大影响的，往往是对于权力场上的硕鼠贪狼展开无情揭露的讪笑。

说书人石玉昆骂赃官儿有个著名的段子：

狗衔一银锭而飞走，人以肉喂之不放，又以衣罩去，复甩脱。人谓狗曰："畜生，你直恁不舍，既不爱吃，复不好穿，死命要这银子何用？"

那狗说的是当时浙江省的一个知府，姓苟。石玉昆的徒儿小丁宝儿也有一个著名的讽刺时事的段子：

钟馗专好吃鬼，其妹送寿礼来帖上写云："酒一坛，鬼两个，送与哥哥做点剁。哥哥若嫌礼物少，连挑担的是三个。"钟馗看毕，命左右将三个鬼俱送庖人烹之。担上鬼谓挑担鬼曰："我们死是本等，你却何苦来挑这担子？"

这个段子也另有所指，据说有号称"孤掌社"说书一派，自命为柳敬亭传人。柳敬亭曾为左良玉说书劳师，极富时誉，明亡以后更为南明遗民所推重甚至神化。后来，又衍生出"孤掌难鸣（南明）"的隐语，以孤掌社为柳氏这一家数说书之正宗，石玉昆一系颇受諆诋。当时号称"孤掌社"的说书人是兄弟俩——也有传说是双生兄弟——由于面容、声腔极其相似，观者不能分辨，因此而能玩出不少今人可称之为“分身”的把戏。时人号曰“神出鬼没”。石派传人小丁宝于是将挑担的指为柳敬亭，担中二鬼即是那一对兄弟。

“神出”、“鬼没”其实就是两个演员的诨号，他们说起滑稽（类似相声的谐趣演出）来，也有值得流传的妙段子：

到用饭的时节，门上来了客，而主人悭吝，不想请来客吃饭，自己找个借口潜进内屋吃去了。饭后，抹净了嘴儿、打罢了嗝儿，还是出来见客。来客便说了：“府上好座厅房，可惜许多梁柱，都被白蚁蛀坏了。”主人四顾一圈，疑道：“从来没见过白蚁啊？”来客笑着说：“它在里面吃，外边人如何知道呢？”这段子无论说上多少遍，准惹一堂大笑，为什么呢？祖师爷认为：不论在哪一个时代，偷偷“在里面吃”的官儿，还有官儿们的亲眷戚谊从来不会少。

· 更得嘲诮自己

此外，自晚清以降，上海有“唱新闻”这一行，原来唱的都是瞎编胡扯、引人入胜的奇事。如尼姑偷和尚、大姑娘下河洗澡等下流的玩意儿。民国二十年“九一八事变”，老百姓感到国难当头的迫切了，就有了真正的“说新闻”这一行。一种是原先的说书人，还有一种是沦陷区的文人，用打游击的方式说唱，说过一段，就要转移阵地，以免被捕。这种人只有一个先决条件：跟执政的人作对，而不是帮执政的人整肃异己。到抗战胜利之后，有一些说新闻的人还继续说，可是对象却不是日本人，而是打垮日本军队的国民政府了。因为国民政府执政了，也坏了。

下面三个段子就是“唱新闻”的传下来的。第一个说的是国府内部的贪渎，其实正是从前述“神出鬼没”搭档的段子而来。第二个说的是日据时代的汉奸，最后一个嘲讽的是“唱新闻”的人自己。

有客在外，而主人潜入吃饭者。既出，客谓曰：“宅上好座厅房，可惜许多梁柱，都被白蚁蛀坏了。”主人四顾曰：“并无此物。”客曰：“他在里面吃，外边人如何知道。”

凤凰寿，百鸟朝贺，唯蝙蝠不至。凤责之曰：“汝居吾下，何踞傲乎？”蝠曰：“吾有足，属于兽，贺汝何用？”一日，麒麟生诞，蝠亦不至，麟亦责之。蝠曰：“吾有翼，属于禽，何以贺寿？”麟、凤相会，语及蝙蝠之事，互相慨叹曰：“如今世上恶薄，偏生此等不禽不兽之徒，真个无奈他何！”

一人迷路，遇一哑子，问之不答，唯以手作钱样，示以得钱，方肯指引。此人喻其意，即以数钱与之，哑子乃开口指明去路。其人问曰：“为甚无钱装哑？”哑曰：“如今世界，有了钱，便会说话耳！”

还有一种古老的演唱艺术叫“唱道情”，源于唐代的道教演唱，其词多为七言赞体，后来也吸收了部分曲牌，丰富了唱腔，有渔鼓、简板之类简单的乐器伴奏。渔鼓，就是二尺来长，胳臂粗细的竹筒，下蒙蛇皮，唱时敲击底部的蒙皮，产生共鸣。简板则是两根一尺半长的竹片，一片朝上弯、一片朝下弯，以手指操控对击，其声清越脆利，与渔鼓相映互衬，有如对答。在正式唱故事之前，仍是为了吸引观众，唱道情的会说一两则笑话，跟时事或当地的新闻有关。在清末闹出铁路收归国有风潮的时候，就有这么个段子：

甲乙谋合本做酒，甲谓乙曰：“汝出米，我出水。”乙曰：“米若我的，如何算账？”甲曰：“我决不亏心。到酒熟时，只逼还我这些水罢了。”

我自己最喜欢的一个段子，可以随时随地而用，怎么说，都不过时。我相信这是因为现在官场上诸般推诿敷衍的肮脏事儿太简陋，唯其用最浅近低俗的趣味，方足以比拟之：

有个人犯了花案，案情很简单，就是在光天化日之下，强暴了一位闺女。这犯案的当场给人揪住，送进衙门，可由于见官时已经向晚，来不及传证鞫讯了，所以先揍了一顿屁股，当堂收押，准备来日再审。这顿屁股打得皮开肉绽，囚犯哼哼唧唧闹到大半夜还睡不着，朦胧间便听见自己的屁股跟胯下那话儿抱怨：“打死人了！打死人了！我要是就这么死了，非上阎罗王那儿告你一状不可。”胯下那话儿不服气，道：“你凭什么告我？”屁股道：“这事大不公平！为什么你干事爽快，却要我受过捱打？”那话儿登时回道：“明明是你犯的案，捱打自属应当，怎地赖到了我头上？”屁股当下忍不过，开了一阵好骂，最后气呼呼地说：“那闺女明明是你进的，怎地反倒诬我犯案呢？”那话儿冷笑道：“我不过是在她门前张望张望，还不是教你打后头一顶，给顶进去的？”

故事之外的故事

还有个段子。一妇人好风骚，结婚没多久，就有了外遇，丈夫知道了，当然是要休掉的。三年之内，居然被逐九次，十易其夫。人问："你怎么命途如此不堪？"妇人答道："不过是巧来，嫁着的人还都是乌龟命。"这个段子出自宋、元之间，老本子前半段儿原文如此：

一妇惯淫行，合卺未几，辄外遇，人问其故，曰："撒花何害？"人叹曰："驽马十驾（按：谐音十嫁），命何乖也？"……

由于后世人不知道"撒花"之语何义，绕几手再转录这则笑话的时候，索性删掉了这一小段问答，其实是很可惜的。据彭大雅《黑鞑事略》记载蒙古军队抢劫百姓、滋扰地方的情形时如此描述："见其物则欲，谓之'撒花'，予之，则曰'捺杀因'，鞑语'好也'；不予，则曰：'冒乌'，鞑语'不好也'。'撒花'者，汉语'觅'也。"

回到之前那个老段子，偷情出轨的妇人第一句回答：

“撇花何害”——“找汉子乐乐有什么不好？”言简意赅，理直气壮。据说宋、元之间跟着谢太后和小皇帝一起被蒙古兵掳到北地去的词家汪元量的《水云集》里有一首醉歌，即如此写道：“北军要讨撇花银，官府行移逼市民。”

语言并不死绝，有时一个词儿不知怎地忽忽又活转来。明清之际，大美女陈圆圆晚年留下来的诗作之中，就有这样的句子：

采菊篱边渡，窥山槛外潭。
撇花人在否，雨洒碧溪南。

说此诗者，不外以“撇花”为搴花、摘花、折花解之。这么解，意思当然不能算错，但是更准确而掌握诗质的歧义特性来看，“撇花”实为双关。这一句的断读也可以有两重趣味各异的方式：“撇花人 / 在否”“撇花 / 人在否”，解释也就多了。可以解成：“攀折花朵的人还在吗？”“攀折花朵时想着：人还在吗？”以及“寻寻觅觅的人还在吗？”“被寻觅着的人，还在吗？”这就丰富得多了。

陈圆圆未经十嫁，可也经历了许多男人，而且没有一个真正像样的英雄，得以匹配这位才貌双绝的美人——难怪她的诗写得这么好。

薄幸平生唯反复·从山海关之役看吴三桂

当一个国家自觉其处境危疑卑下之际，“叛逃”是一个随时会燃烧起来的话题。一般国家当然不会鼓励人民叛逃，最笨的领导者顶多异想天开地劝老百姓移民它地，并在该地出马选总统。可是国家的正常思维却是不允许国民投奔敌国，甚至倘若因投奔而导致本国国力衰敝，那么别说敌国了，连友邦都不能去了。

· 还记得那些运动吗？

从人情之常的角度去看，任何人要叛离一个国家或社会，都既是鲁莽的，也必然是思虑的结果。一个人在自己的国家生存不下去——哪怕仅仅是杞人忧天地以为自己在本国将受尽迫害，也只有在他国甚至敌国才能获得生存的机会——才会想到离开这个国家。当他的离开可能引起其他国人对自身安全的疑虑，国人就会指称这是“叛逃”了。

那么叛逃者的处境如何？真有那么严重吗？在旁人看来，答案可以有很多，可是从叛逃者的角度去思索，决计不会有“冲冠一怒为红颜”这么简单浪漫的事。叛逃的人比移民的人要算计的会更多——因为他要告别的人、告别的事物、告别的环境、告别的生活乃至告别的价值更多得多，而且告别得更彻底、更久远。

这里就要回到“权”字上说了。“权”是度量的意思，“权”的对象自然是直接、间接可以评估得出来的价值。当世所获享的名利权位之得失损益，即便不能量化，还是可以算计的。最难算计的是后世的评价，因为没有人知道历史由谁来写？写成的历史又会由谁来翻案？叛逃者即使一时受谤，不见得在较大尺幅的历史叙述上吃亏。

举个小小的例子来说：台湾当局从二十世纪五十年代就搞的“毋忘在莒运动”，且不说此“莒”原先是管仲谏齐桓公的故事，硬给错用到田单身上。单说这运动所示范的，正是一套“文本的任意翻转与缩减”。无论主政者是否知道全面的史实，田单“以寡击众复兴齐国”的故事却必须从它原本的上下文中割裂、抽离出来。所以田单日后投奔赵国（不忠于齐）的结局不必为大众所周知，作为一个活生生的个人，田单——以及像“少康中兴”、“勾践复国”这一类有过以寡击众而成功的事例的主角——都在进入国民党制定的历史之中遭到缩减，与其所系身的上下文彻底断离。人们大概不容易知道：田单也是个叛逃之人。

当所谓“历史评价”的不定性如此之高，那种吾人信奉且遵循的大小民族主义召唤又如此茫昧漫漶，叛逃行为所可参考的权衡标准就松动了，各种相互冲撞的价值在一言以蔽之的“多元”之下都造反有理起来，既然盗亦有道是难能可贵的，那么乱臣贼子不也有乱臣贼子之道吗？一个以田单为楷模的革命军人始终不知道“田单最后还是叛逃了”也就还则罢了，一旦他忽然发现了这一点，崩溃的不是田单的形象，而是假借田单片段的事迹所空构出来的国家信仰。我们当然可以说：田单可以，我为什么不可以？

· 知道该如何砍树吗？

那么，吴三桂又为什么可以呢？

吴三桂是江苏高邮人，凭借着多年的军功得以不断高升。当李自成向北京进发时，崇祯帝加封吴三桂为平西伯，命他放弃关外的宁远城守备，入京“勤王”。吴三桂接到命令之后，带领关内外几十万军民西向，可是他逡巡再三，犹豫不决，走得很慢。终于等到京师陷落、崇祯殉难的消息传来，吴三桂遂调转马头返回山海关。为了要保全其身为一个军阀的既得利益，吴三桂不是归降李自成，就是投靠清军，这是他原本就举棋不定的事。其实，举棋不定的不只是吴三桂，还有李自成，还有多尔衮。

多尔衮搞不定的是怎么打。毕竟山海关位于从东北进入华北的咽喉。正因为山海关居显扼要，一向以来，清军无法长驱直入，要打，只有绕道蒙古过长城，以游击围点的战略南进。皇太极早就有所谓："取北京如伐大树，先从两边砍，则大树自仆。"

不过，崇祯十六年（1643）仆倒的大树是皇太极自己，他死在沈阳，幼子福临即位，是为顺治。对多尔衮来说，不只是怎么打，还有打谁的问题。此际，陕西流寇终于从居庸关长驱直入，一举攻下北京。崇祯帝吊死在煤山，明朝灭亡。现在紫禁城里坐着的是一个人气鼎沸的陕西农民，多尔衮并没有在第一时间掌握这个情报，即使知道了，他也会犹豫——如果取天下不只是烧杀掳掠，还有细腻繁复的种种设计、种种交涉、种种谈判，则多尔衮的确娴于应付穿鞋的，却未必会应付光脚的。

此前不多时，多尔衮刚接受了明降臣范文程的建议南向推进。当他率领十四万大军过辽河时，才知道李自成已于前一月攻占北京，明朝亡了。多尔衮转念一想，并不认为他能够从山海关西下，直迫京畿，所以也举棋不定起来。为了整体的战局着想，应该绕道蒙古、迅速出兵？还是保存实力、缓兵徐图？这更是一个两难。最后，另一个明降将洪承畴坚决主战，且以为事不宜迟。多尔衮才决定：准备攻打北京。

在李自成方面，打从进入北京之后，当然意识到吴三桂的重要。而从北京方面向关外望，山海关问题是背上的芒刺，不除不快，可是这里也有一个两难，是剿？是抚？

李自成思之再三，终于考量大军初定，应先休养生息，便派人劝降吴三桂，议订犒银四万两、黄金千两，另有敕书一通，封吴三桂为侯。此外，吴三桂的父亲吴襄原先负责掌管京师兵马（卫戍兼后勤司令）已在北京被捕，李自成也叫他给儿子修书劝降。

吴三桂无奈，决定投降。但是当他率部进京之际，走到永平府西沙河驿的时候，却突然调转马头，再次返回山海关。

对于吴三桂再次向后转，回到了不知道有没有铁窗可以保护他的山海关，这里有三种说法：一种认为，李自成军入京后，实行追赃助饷，狠狠修理了吴襄一顿，导致吴三桂反悔；另一种说法就是谍报传来：吴的爱妾陈圆圆为大顺军将领刘宗敏劫了去，于是才有吴梅村的“冲冠一怒为红颜”。

• 能够选对哪一边吗?

另一个说法是吴三桂在西沙河驿遇上了个道士。那道士愁眉苦脸地跪坐在一间破庙门口，见大将军仪仗到了也不回避，吴三桂心实异之，看那道士一张篔席，一只泥坊，正在烤火取暖。道士一抬头，忽然笑道：“将军请坐。”

吴三桂甲胄在身，不方便立刻坐下，正迟疑间，听那道士又说：“将军是挨着篔（贼）坐呢？还是挨着坊（虏）坐呢？”吴三桂一听就明白了，上前一揖，问道：“确乎是两难，云驾以为如何呢？”道士接着说：“以篔扑炉，火势越盛；以坊焚篔，顷刻间灰飞烟灭矣！”

这道士的传说似乎荒诞无稽，但是颇有深意——话里隐含的玄机是：无论投靠哪一边，都不具备道德的正当性。而道德评价却可能是由力量而定夺的。吴三桂最后的考量显然是选择偎大边而已——一个以军事行动之成败为唯一考量的决定。

吴三桂知道自己可能要背上千古的骂名吗？知道又如何？当年帮助赵匡胤打天下的大将曹彬就被耍过。赵匡胤原先允诺诸将，平定江南之后班师回朝，大将封相，结果这事“黄”了。只赏赐了大笔金银，还说：“如今平定了江南就封相，那将来再平定了河东之后，我拿什么封你们？皇位吗？”曹彬的感慨是：“做官不就是为了钱吗？有了钱，干嘛一定要封相呢？”吴三桂也许听说过曹彬的感慨，只不过曹彬愿意被政治领袖玩很多把，吴三桂则选择了自己玩。

他一直玩到陈圆圆成为敌人的人质。

陈圆圆，明末苏州名妓（1624—1681？），山西太原人，本姓邢，名沅，字畹芬，据说是被人拐卖到苏州去做妓女的。相传她色艺甲天下。有一说吴三桂少年时就常去戏班为陈圆圆捧场，这是不可能的。吴三桂能知道陈圆圆，恐怕就是陈圆圆声名大噪以后的事。

陈圆圆在苏州时就已经声名大噪了，就因为有声名，还进宫“涮”过一场。当时崇祯后周氏为了与贵妃田氏争宠，将陈圆圆召进宫来，有取而代也之意。无奈崇祯对声妓没什么兴趣，反而给了田贵妃一个机会，把陈圆圆遣出宫去，倒成了贵妃的父亲田畹的侍妾。

有一个说法是：闯王李自成大举东侵，直逼天子脚下的时候，陈圆圆曾经向田畹建言："'世乱奴欺主，时衰鬼弄人'，身处乱世，一定要有所依傍，一旦有变，才不至于流离失所。"这窑子里养出来的见地，既是为田畹谋，也是为己身谋。田畹也想到了，可他明明知道该巴结谁，也知道该怎么巴结，就是说不出口——田畹想到的靠山是不久就要出关的平西伯吴三桂，笼络的手段就是眼前这个他只能远观、无能亵玩的妓女。说不出口的原因则是当朝国丈竟然沦落到赠妾安身的地步。

未料陈圆圆自己开了口："贱妾愿效貂蝉故实，为大人解千岁忧。"这两句话引东汉王允以歌妓貂蝉离间董卓、吕布事，说来既不失身份，又悄悄掩饰了田畹但求自保的居心，且正合田畹的谋划。田畹立刻亲自邀吴三桂赴家宴。席间陈、吴二人顾盼传情，所谓"目成"，一推一就，便送做堆了。

吴三桂原本想带陈圆圆赴山海关，可是吴襄力阻而不成。这让吴三桂非常不快，差一点父子反目；至少吴二桂对三国故事并不陌生，吴襄阻止陈圆圆"随营效力"的坚持倒让吴三桂真觉得自己的处境像吕布。此后到赴任之前，陈、吴还有短暂的一段时间相处，孰料这一番别离之后的重逢，已经“朝代轮替”了。

· 了解卖掉的是什么吗?

李自成入京，大将刘宗敏占据吴襄府邸，搜出陈圆圆据为己有，其情无异于抄家，吴襄反而因为试图藏匿这个儿媳妇而吃足了“追赃助饷”的苦头。

吴三桂从西沙河驿遇见老道士、掉头回山海关之后，已经开始筹划“借清灭闯”的布局。接下来的是谈判。他所要面对的难题是如何借得到兵，而又不必投降。多尔衮的算盘则是“要借兵得先投降，不投降就无兵可借”。

在李自成方面，从得知吴三桂重返山海关之后，知道势有不可解者，遂点兵二十万，亲自“讨伐”。当大顺军迫近山海关时，吴三桂再发书告急，促请清军火速支援。多尔衮也立刻下令清军兼程西进。清军终于到达距关前十里处，吴三桂的部队已经和李自成的部队打上了贴身战。

五月初，镇守山海关北侧的吴三桂部队向闯军投降，西侧的军队在闹哗变势，而多尔衮的白旗军就是不肯挺进接战。

吴三桂多次派人前去请求发兵，多尔衮就是不为所动，非让吴三桂亲自提出“投降”不可。而且还强烈要求“当面议定”，递交降书的所在地是清军列阵的后方“欢喜岭”。

无可如何之下，吴三桂只得在1644年5月27日，出关突围，驰至岭上，签下了卖国文书——只不过，无论就事实面或法理面而言，当时吴三桂所卖的只是他自己假想中的一部江山，一个被流寇窃据的空壳子。这笔交易在清军方面也划算极了——吴三桂率兵将由北门杀入山海关，点齐五万人马，开西、南两面城门与闯军接战，同时东门洞开，迎清军入关——接下来不过是打一场仗，赚得一个“天下”。截至清军全数入关的一刻为止，居高策马于南门之外、可谓近在咫尺的李自成还不知道发生了什么事。

近中午时，狂风骤作，山海关四下里一阵飞沙走石，烟霾笼聚数十里，几有伸手不见五指之势。李自成的骑驾在一座小石山上，也模模糊糊看不清远方。待雾霭渐渐落尽之后，他猛可发现一标白旗军冲破自己的部队前阵，且后继人马正源源不断地从山海关关门里冲杀出来。此刻，一名随军的和尚忽然出现在他面前，道：“白旗军不是关宁兵，是满洲兵，皇上赶快回京罢！”

李自成窜回北京的第一件事就是杀吴襄，还有吴家上上下下的一干亲眷，计三十八口。山海关之战结束之后的第十天，多尔衮也率领清军入京。吴三桂遍寻不着陈圆圆的尸体，又听人说还是那个刘宗敏把陈圆圆掳走了。

不过，大顺军向山西、陕西逃窜的时候为了减轻辎重负担，也为了减缓清兵追击的速度，据说沿路抛洒金银珠宝。我们很难考证出陈圆圆是不是在这种情形之下被扔下车来的。不过她——经由一种非常神秘的辗转过程，犹如天上掉下来的礼物一样，陈圆圆又回到了吴三桂的怀抱。从此随吴三桂转战四方，一直没有再分开过。吴三桂日后受封为平西王，世镇云南，兼辖贵州。逐渐有拥兵自重，永以为王的打算。而康熙帝即位之初，也早有“撤藩”的图谋。清廷的假设是“撤亦反，不撤亦反”，所以“以撤试反”；吴当然要反，因为以他的智慧，根本经不起测试。

吴三桂出关入关、出关入关，可说是一反再反、三反五反，这并没有能让他的历史地位“负负得正”，从无论多么宽松的道德标准上去看，他不过是个“反复小人”。“反复小人”的特质是只算计眼前的最大获利，这种人没有耐心思考，所以常便宜行事。这种人没有专注于长远价值的追寻能耐，所以总是在依傍既成的最大势力。而且这种人最容易志得意满，所以看不起弱者——即使当他成为某种时势卵翼之下的英雄，也会对奉之为英雄的弱势者发出一种彻底的轻蔑。“反复小人”永远待机而变，是个被“处境”决定的宿命。惨的是再怎么得机而变，变而为侯、为王，仍是个小人。

至于陈圆圆还有些老妓女的见识，自从跟着吴三桂过了些年好日子，仍不免色衰爱弛。加以吴三桂封王之后，后宫佳丽有千余人——清人笔记上记载了她最后的一个竞争对手是个叫“连儿”的少女，只有十七岁，擅写诗，有“练裳缟袂，执白扇立九曲桥上”的风致。眼看拼不过小辣妹，老西施便借口年老迟暮，出家为女道士。康熙十九年（1680），吴三桂举兵失败，清军打下昆明，陈圆圆也就不知所终了。不过，失踪之前她留下了一首诗：“新词旧忆最无聊，犹记楚宫顾瘦腰。薄幸生平唯反复，温柔意态赚萧条。曾因国色催鼍鼓，未若轻裳压曲桥。老去稍知春事促，蜉嗟过午韵仍娇。”这里，先得略作解释，最后一句用的是唐张九龄《感遇》之三典：“鱼游乐深池，鸟栖欲高枝。嗟尔蜉蝣羽，薨薨亦何为？”

如果此诗记事未曾夸大，则从末句可知：陈圆圆虽然是半老徐娘，但应该还颇有可观，“韵仍娇”说的既是诗，又是人，俏皮而佻达。至于对吴三桂的回忆，真是鞭辟入里、言简意赅——薄幸生平唯反复，如此而已。

故事之外的故事

陈圆圆才名为艳色所掩，诗情似亦为遭际所掩，实在是千古可憾之事。我并无史识，书读得也少，根本也想不起要从这陈圆圆的著述上着力。之所以发现她来的一些为数并不太多而品质极为纯粹的诗作，主要是因为另外一位诗人的缘故。

让我们先读几首陈圆圆所写的五言绝句：

秋容当晚节，犹恨不如诗。
铸字非关律，偏凝绝俗思。

踽踽竟穷年，耽诗老更偏。
新声清似凤，逐响入云天。

径仄愁人少，林高晦荫疏。
遥知峰秀处，独我一声歔。

第一首，应该是完成于吴三桂初抵云南之后不久，虽说意境有些“自清凉无汗”，毕竟还显得安详。似乎写诗是陈圆圆唯一的寄托。到了第二首，凄凉景况更浓，明白地指陈“雏凤清于老凤声”的处境，那一声“逐响入云天”——不消说——当然是指“轻裳压曲桥”的小情敌。这娃儿当时应该是云（南）天之下最知名而受王爷宠眷的姑娘了罢？是以到了第三首，其孤寂落寞，看似竟有出尘之念了。

若非身为一介女流，又关系着晚明旦夕之存亡，情感细腻、诗句凝练的陈圆圆在诗史上应该领有一席之地的。可惜的是能够知道她、重视她、揄扬她的诗人，自己也命途乖舛，遭遇坎坷——这位后来颇以文名显扬一时的诗人以剧作震烁古今，但是他的诗论，从来没受到人们的重视。

洪昇，曾经为陈圆圆写过三首诗：

痴顽无俗侣，惯得情如许。
铸字计艰难，寒吟浑失语。

借月赏新题，诗深意不迷。
清吟如照面，韵到小楼西。

片石横云枉断肠，抛家忍死待封王。
琵琶作语争听怨，苇篑飞灰漫看荒。
枉托红颜催赫怒，宁知白首悔轻狂。
吟成一卷伤心事，暮鼓沉声入夕阳。

最后一首的颔联上句（第三句）用杜甫《咏怀古迹之三》的“千载琵琶作胡语，分明怨恨曲中论”，颔联下句（第四句）说的就是吴三桂遇见那道士的真实经历。尾联则充满了对陈圆圆之不能见知于时人的慨叹，因为洪昇对自己也有一模一样的感慨。

送别洪昉思·

诗人告别乃在悲伤啼泣之外

俺不能含香簪笔金门步，只落得穷途恸哭。
山中尚有三间屋，待归休转又踌躇。
不能作白鸥江上新渔父，只混着丹凤城中旧酒徒。
几回把新图觑，生疏了半篙野水，冷落了十里寒芜。

——洪昇《枫江渔父图题词·耍孩儿》

· 衔泥劳远出，觅食耐卑飞

康熙四十三年（1704）春天的杭州拱宸桥头，四十一岁的诗人，也是文字及声韵学者金埴，与一个大他十八岁的忘年之交依依话别，两人都不知道这一次分手竟会是永诀。年长的这位突然呼唤着金埴的字，说：“苑孙，你还记不记得当年我向你提过的一首《咏燕》？”

“怎么不记得？”金埴随口吟了出来：“衔泥劳远出，觅食耐卑飞。绣幕终多患，明堂讵可依？”

这是一首怀抱很深的诗。首二句借由燕子的生态，说绸缪温饱，不辞劳苦、委屈而心力交瘁的情景；后两句更深刻，仿佛连借栖于高门广第的檐下一隅之地都不得安然了。吟到末句之际，金埴微感不祥，连忙顾左右而言他，指着桥下水边一树初绽新蕊的梨花道："唉哟咈——梨花开了！梨花开了，燕子就快回来了。"

年长的这位诗人叹了口气，应声吟道："'明朝未必春风住，且为梨花立少时'罢！"

金埴不禁又一惊，他当然听得出来，这是老诗人难掩坎壈之情，却故作闲澹之语。就落魄情怀而言，两人原本十分近似，既然相知相惜已久，也就不必时时把弄起各自的悲情了；再者，此番送行，对方即将有良遇高会，应该是欢愉挥手，再期重聚的心情才合适。金埴于是堆起笑容，道："犹忆法昭禅师一偈中有两句说的好：'一回相见一回老，能得几时为弟兄？'你我兄弟又不是小儿女作别，如此缠绵惆怅，洪昉思倒真不像是洪昉思了！"

根据陈万鼐的考证，洪昇，字昉思，号稗畦，浙江钱塘人。是清顺治二年（1645）生人，死于康熙四十三年，享寿一甲子。洪昇出生的前一年里，明室覆灭。他二十四岁到北京入国子监为监生，长期流寓于斯。康熙十年（1671），因为父妾和同父异母兄弟的挑唆，洪昇被逐出了家族。之后十余年漂泊，他却完成了旷世巨作《长生殿》。康熙二十七年（1688），此剧终于定稿。可是到了第二年，却因为在佟皇后丧期中演唱这出戏，洪昇再次遭到放逐。这一回，他是被整个国家的权力体制永远驱离——革去监生资格，削籍回乡，终其一生，功名无望。

他的故事，先岔出去从一桩婚姻说起。洪昇的第一次婚姻是在十七岁那年，他娶了与他同岁的亲表妹黄兰次。黄兰次家室极好，她的祖父曾经是明朝的宰相，即便入清，整个家族在江南还有相当大的产业和政治影响力。婚后，洪昇才入京进国子监就读，再入上舍，如果就此一意致力于功名进取，理当有十分良好的发展。

但是到了都城，神仙眷侣一般的小夫妻立刻掉进了都下最迷人的一个陷阱般的生活圈子：诗文社交场。带领洪昇进入这个圈子的是一个叫黄敬（字子彬）的国子监学生，比洪昇大三岁，常自称“画网生”——这是因为清初厉行剃发，士子们前额至囟顶剃成半月，就不像前朝时代的装束，用不着覆戴一种类似今日发网的网巾了。

黄敬喜作怪，常用墨青或炭青故意在额头上画一张像是网子的图案，这当然是政治讽喻。只平日外出还戴着帽子，外观无异，虽然事涉冒险，倒是没有真的因之获罪。洪昇一入都，就结识了这位和妻子同宗的学长，互相引为知己。但是由于黄敬玩世不恭，对于这位新到学而名满大江南北的才子特别的怜惜和期许——黄敬很希望洪昇能够像他一样，虽然人在国子监，饱学有捷才，但是能够看不起功名仕进。

所以诗酒之会成为一个用意深刻的幌子，洪昇并不知道：他将在这样的聚会之中将绝大部分的时间、精力投注在往来酬酢的唱和，留下了风流潇洒的文名，却无意于三年一度的礼部会试。

到他和黄兰次双双满二十岁的时候，黄敬又起哄，分别为七月初一和七月初二出生的这一对小夫妻祝嘏，与会的有好几十人，众人分别以古诗体赋写《同生曲》，属和者甚多，即使没有到会同作的，闻风而书者亦有数十人。据说其中还包括洪昇刚拜过的天下文坛第一大领袖“渔洋山人”王士禛。

洪昇自己是个贪玩的人，一方面，少年多才而处处得意的际遇、美满婚姻所能获致的倚仗，都使得他不汲汲于进取。另一方面，文字狱也带来莫大的压力——洪昇的父亲就是一宗文字狱的受害者。

洪昇的父亲罪责较轻，发遣到北边一段时间而已，这是洪昇人生首度遭逢的重大挫败，他一个年方弱冠的文人，必须先跋涉回南方接迎父亲，路送遣戍。这一次变故，完全改变了洪昇的人生。他必须辍学，离开大不易居的京城，也还是经由黄敬的帮助，他在开封找着一个馆职，教几个豪门的子弟，勉强维持小家庭的生活。

虽然洪昇的父亲很快地遇赦，放归，甚至恢复了官职。然而，洪昇本人的际遇并未逆转，当时的开封没有几个他认为有趣或者聪明的人，洪昇又为人当过一段时间的幕僚，写过两组闷诗，在不明所以的情况下，忽然就回钱塘老家了。

在这一段流寓期间，他创作了日后堪称不朽的《长生殿》。写唐明皇和杨贵妃生死姻缘的故事。由于剧情凄恻动人，曲词哀感顽艳，使得洪昇一夕之间成了市井阶层的名士。不！不应该这么说——更准确的陈述应该是洪昇的《长生殿》突显出在康熙时代渐渐成形之际，这个大帝国开始浮现了另一个可以表达和引领品味，甚至主导市场和文化评价的生活圈。

• 早知才地宜江海，不道清歌却误人

这个生活圈原比之前小规模簇拥着取暖的文人诗酒之会来得广大而蓬勃，参与的人不须要“知撰著”，不必“能斟酌韵谱、详考声字”，他们只要是具备消费能力，包得下场子，供应得起剧团，使一个以表演者为中心的生态系得以满足、平衡，就会出现新阶级。洪昇是这样一个阶级的代表性人物。

康熙二十八年七月，皇后佟佳氏过世。依大清仪制，皇后之死是为国丧，百日之内京师方圆之地不许作乐（音“悦”），可偏偏出了这么一个蹊跷。

内廷有个班子，长年都演戏给诸王公贵人大臣嫔妃们看，称得上是一等一的班子，这个班子早在皇后过世之前就邀了洪昇北上入京看戏，以答谢他写了这么一出戏，而且分文不取地让这个班子能够在内廷演出，得到大把大把的赏银。请作者不远千里亲自来看戏，这可是桩大事，不但洪昇受邀，戏班子还特别让洪昇广邀其亲朋师友，从各地齐聚京师，同观此剧。

很多受邀的人和洪昇一样，必须打从千里之外自备盘川而来，但是他们并不抱怨，因为一旦错失了这样一个观赏的

机会，此生想要再亲睹神采、饱聆妙音，恐怕是不可能的了。谁知道，皇后却在演出前不久死了。而此剧的贵宾观众们，却都已经齐集都下了。

接洽演出的正是那黄敬，他和戏班两造的意见不同。在戏班而言，感激洪昇是一回事，甘冒大不韪是另一个问题。黄敬本来就不太瞧得起戏子，再者受邀的宾客之中也有他自己不能得罪的同学世谊，于是几番折冲争执下来，黄敬找着了一处僻静的所在：“查家楼”。此地楼深几达一里，如果能稍事葺缮，再加密护，即使有锣鼓笙笳琴笛箫管之类，外间也未必得以与闻，只要入场的贵宾不向外界喳呼，演出期间多加小心，应该不虞外泄。一旦演完，主宾各散，了无痕迹，如何入罪？

可是任谁也不至于料到：麻烦就出在应邀之人沾沾自喜，观剧之会则不免微泄于外。有个御史家的西席先生，平日诗酒之会参与得挺勤，但是碰上这种讲究名位——也就是所谓“知识阶级”内在分殊——的时候，不免令人难以照想得到。孔老夫子说过：“唯女子与小人为难养也”，这道理千古一同；但凡是越远离权力的人，越难以接受这权力距离自己太远的事实。穷教书匠也有穷教书匠的尊严，你在尊严上不让他好过，他就给你安一个律法、风俗乃至于道德上更不好过的处境。他告诉家主翁御史大人，而御史大人参劾不法更是天职了，于是大狱遂成。

洪昇因观剧一案而获谴，发付编管山西，与妻子和一个他还十分亲近的歌伎依依不舍地告别。同案获罪的将近五十人，其中最为知名的是诗人赵执信和查嗣琏（字他山，后改名慎行），赵执信进士出身，点翰林，干过山西省的正考官，论资历清望都是士林领袖一级的人物，因为这个案子，问了个削职落籍，永不录用。而查嗣琏则在改名之后重新考上了进士。赵执信自己的际遇不比洪昇顺遂，却还有余情深兴写诗赞叹、恭维了洪昇：

牢落周郎发兴新，管弦长对自由身。
早知才地宜江海，不道清歌却误人。

这个案子有那么大么？实亦未必然。国丧观剧诚然有失体统，但是假借此案以驱逐一整批相与酬唱、标榜的知识分子，使不止一个世代的读书人再体会一下，士子们声气的危险。

洪昇绝意于仕途之后，还维持着大抵安适的生活。他有一个年纪不小，但是却十分美艳的妾，随侍在身边，洪昇有诗自遣：

玉出闺中秀，珠在掌上明。芳兰冲佩带，白雪作光莹。
索抱须争挽，能言齿半生。阿侯年渐长，卢女自盈盈。

· 深情莫唱长生殿，自古情深是逐臣

之前说过的送别之吟，送别之人叫金埴。金埴（1663—1740），先世曾经是明朝的高官，父金煜，顺治十年（1653）进士，官至山东郯县知县。就在洪昇被逐出家门之前一年，金煜罢了官，当时的金埴还不到十岁，此后金家再也没有兴旺起来。金埴本人也是场屋不遂，始终只有一个秀才出身，馆幕生涯也是时断时续，平生最是津津乐道者，不外幼年时曾受诗坛领袖王士禛的赏识，称他为“后进之秀”；也由于精通小学的缘故，曾经帮仇兆鳌校订过《杜诗详注》，著有《不下带编》和《巾箱说》笔记两种。

金埴之所以怀抱着兴奋的心情送别，乃是因为洪昇此行终于看似有了“出息”。邀请他去的是江南提督张云翼。张云

翼“延（洪昇）为上客，开长筵，盛集文宾将士，观昉思所谱《长生殿》戏剧以为娱”。(《不下带编·卷一》)

这一段记载里的“盛集文宾将士”其实不只是寻常应酬，也有重新为洪昇打造声势的用意。果然，当时的江宁织造曹寅（曹雪芹的祖父）就是因张云翼绍介，特地邀洪昇到自己的宅邸去搬演。金埴也凭风闻而记录了当时的盛况：“时织部曹公子清寅闻而艳之，亦即迎致白门（按：即指当时的江宁，今之南京），南北名流悉预，为大盛会。”（同前揭书）

据说，曹寅特地准备了两部剧本，一部自置于席上，一部置于洪昇的席上，每当演出的优伶唱完一折，二人便相互讨论曲中音律节奏、字句声腔，时而校雠改订，举凡三昼夜才将整出戏演完。这是洪昇——甚至其他许多剧作家——生平仅有的奇遇。做主人的曹寅不仅知音善度，提供了行家文人的赏识意见，同时还馈赠了洪昇极其优渥的程仪。洪昇从来没想到会遭逢这样的际会——当然，他也不会知道这第一次竟也是最后的一次。

在回松江张提帅府的半路上，舟行过乌程，洪昇喝醉了，失足坠江，又正巧遇上野风大作，把爝火灯烛都吹熄了，乌涛荡莽，漫染长夜，遂不可救。另外还有一个传说，悲剧发生那天是六月初一日，先是一个跟随他多年的老仆失足落水，洪昇提灯往救，自己也不小心溺死了。

渔洋山人王士禛形容得简赅入里："昉思遭天伦之变，怫郁坎壈缠其身，终从三闾于汨罗，仅以词曲传耳。悲夫！"另外，吴宝崖有《舟过乌戍吊昉思诗》悲切有味，盖纪实也：

烟水依然拍野塘，饥驱客死倍堪伤。
乌程酒酽漏将促，白舫灯昏风故狂。
失足久无人济溺，招魂剩有鬼还乡。
江南儿女应传语，分取钗钿吊七郎。

洪昇亦能诗，今尚存《稗畦集》、《稗畦续集》、《啸月楼集》。不过他自己应该很清楚：他的诗太"直致"，不够婉转，缺少蕴藉。在戏曲中，这种修辞自是明白晓鬯，令观者易解；一旦成诗，即易伤于俗。像《己未元日》的"大地春回日，羁人泪尽时。七年身泛梗，八口命如丝"。这样的"直致"甚至可以称得上是"鄙朴"了。洪昇就曾经在把诗拿给小老弟金埴看的时候说："吾诗恐鄙朴难售，君笔如绘家设色，可为吾施淡粉轻胭，稍微点染。"(《不下带编·卷三》)

金埴在洪昇死后，曾经有一首七律，取两人作别当下之景，命题《咏梨花兼怀昉思》，极有风致：

一枝带雨雨如丝，忍受春风立几时。
失足宁随波戏月，吞声恁教泪凝脂。
园中子弟新梳懒，殿外妃嫔独恨迟。
簪笔含香谁省识，半篙烟霭到天涯。

这首诗“暗中用典”，巧妙非常；不但融汇了白居易《长恨歌》里的“梨花一枝春带雨”、“梨园弟子白发新”之语，还隐隐道出李白捉月、失足落水的故事，最后更将洪昇自己的《枫江渔父图题词》不着痕迹地铸入——尤其是“簪笔含香谁省识”，既用了洪昇的原词，又指涉了老杜的“画图省识春风面”（《咏怀古迹五首之三》）以带出“画图”的造境，至于结句，说的究竟是一个不知名的渔父？还是渔父这个意象的创造者屈原？或者毕竟仍旧是洪昇呢？

诗人送别，深情乃在悲伤啼泣之外。旁观说书的也来凑兴，将就着朱彝尊的七绝，为和一首七律，兼致因诗牢落之人。

顾曲能眈几度春，芙蓉雅唱柳时新[1]。

难堪士苑消清赏，易损才名剩瘦身。

一别人间留钿合[2]，双成[3]阙下送骚人。

深情莫唱长生殿，自古情深是逐[4]臣。

[1] 白居易《长恨歌》:“归来池苑皆依旧，太液芙蓉未央柳。芙蓉如面柳如眉，对此如何不泪垂。”

[2] 钿合：装钗钿的盒子。

[3] 双成，董双成，西王母的侍女，引申为美女。白居易《长恨歌》:“金阙西厢叩玉扃，转教小玉报双成。”

[4] 逐，入声去读。

故事之外的故事

放逐，在中国的历史上向来有一种光彩的不光彩，也可以说成是不光彩的光彩。不论何者，都是在迁就世俗面的价值取向，一方面论断了被放逐者当世成就之不足观，出之以欷嘘嗟叹，扼腕之余，还得找些个气节、清操之类的装饰，好教后人不要以成败论英雄，更好掩饰论者对于功名利禄之攀慕窃喜。

实则，绝大部分的士人对于放逐的遭遇总显露出既不肯服气，又得藉之以博取名器的心理。于是使得放逐成了饶富纷纭诗意的一个语词。在金埴的《不下带编·卷五》中，有一则记载，说北齐时代的王晞受齐昭帝知赏，将以侍中任官，但是王晞却苦辞不受，后来与人说起个中情由，王晞用了几句话："人主恩私，何由可保？"以及"非不爱作热官，但思之烂熟矣。"意思分为两层，一是皇帝的私宠难保久长，其二是一旦想做官想到透彻的地步，这官也就没什么好做的了。后来金埴的堂弟金文孙（兆珑）辞县令、请调改学官。金埴还以王晞之言作了一副对联送他："宁退热官思烂熟（熟字入声），聊支冷俸就清闲"。不过金埴大约没告诉他堂弟：这一联是从另一位老古人的诗句里来的。

这个人叫洪皓，南宋饶州（今江西鄱阳）人，因抗忤权相秦桧而一再遭到放逐，最后贬至岭南南雄州（在今广东省南雄县），他在初抵南雄州的时候写过一首七绝：

竟谪蛮山消瘴雨，闲支冷俸计泥途。
可怜秋水蹄边碧，闲惹行人忆脍鲈。

最后一句语出《世说新语•识鉴门》："张季鹰在洛，见秋风起，因思吴中菰菜莼羹鲈鱼脍。曰：'人生贵得适意耳，何能羁宦数千里以邀（要）名爵？'遂命驾便归。"莼羹鲈脍菰米饭等物，在张翰（季鹰）那里是思乡情切、率性而归的召唤，可是在一个三贬五贬的逐臣洪皓笔下，就充满了讽谑式的自嘲，妙的是"闲支冷俸计泥途"这话冷隽之极，仿佛一个事不关己的出纳，拨着算盘珠子，计算着该核销多少盘缠给这个失意远谪的官员。

有这样的达观，就会看见别样的世界。

猎得鲲鹏细写真·洪迈与异端知识的核心价值

古人类学家每隔一段相当的时日就会推翻一回旧说，提供给我们一个全新的起源推定，根据最新的推定，人类在两百万年以前曾经度过一段捡吃大型肉食哺乳类食余的岁月。

我们的老祖先当时不是猎人，是吃腐食的被猎物。要进入所谓渔猎社会，还有百万年以上的路好走。中间需要传递、累积和更新，却无法运用文字记录的知识，不知如何繁琐；因为无论或渔或猎，都是一个捕获大量蛋白质的手段，捕什么？怎么捕？在哪里捕？又都需要大量蛋白质的补充而使容量增加的大脑来作业——这就有点儿鸡生蛋、蛋生鸡的况味了。目前似乎只能暂时假设：现代人的老祖先当腐食者（scavenger）的时间非常之长，偶有聪明之人一小步一小步地推拓出主动选择并获取食物的能力来。

在“主动选择并获取”这一点上，食物和知识有同步发展的况味。

• 夷坚，一个蒸发掉的人

让我们在这里岔向语词本身，稍作停顿。中国老古人总不把“渔猎”当成一个好词儿来看。除了“渔猎取薪、蒸而为食”(《管子》) 之外，“天下兵乱，渔猎生民”是侵扰老百姓的意思；“遍刷处女、寡妇，导帝渔猎”是因好色而强陵妇女的意思；“为文之士多渔猎前作，戕贼文史”、“以驰骛奔驱为良图，以剽窃渔猎为捷径”更是抄袭掠取的意思。渔猎——简直地说——是凭借着某种地位优势巧取豪夺的勾当，是权力的化行。

也许我们不该这么快就把知识和权力画上等号？是的，在中国人的知识系统之中，还有一个连米歇尔•福柯（Michel Foucault）也探触不到的边缘，我们姑且称之为异端知识。

《列子•汤问第五》上有这样一段记载：“终北之北有溟海者，天池也。有鱼焉，其广数千里，其长称焉，其名为鲲。有鸟焉，其名为鹏，翼若垂天之云，其体称焉。世岂知有此物哉？大禹行而见之，伯益知而名之，夷坚闻而志之。”

这是把上古睿智之人分成了三个角色：发现者、命名者和记录者。一般稍微了解一点上古历史的人都听说过：大禹创立的中华民族第一个王朝“夏”，他所属意的第一个继承人皋陶先死了，第二个就是伯益。在统治权尚未顺利移转给伯益的时候，大禹出外巡狩——显然是和打猎有关的重大仪式——死于会稽，伯益摄政三年，退居箕山之阳，把政权让给了大禹的儿子启，启并没有因此而放过伯益，最后还葬送了一条性命。

听说过这一段政争简史的人再读《列子·汤问第五》时，就不免产生一个疑问：另外那个贤人夷坚到哪里去了？当启发动舆论，鼓吹“启贤，吾君之子，能敬承禹之道”，架空伯益的时候，夷坚在干什么？他支持哪一个政治领袖？历史和神话都略过了这一点。这个略过是不是有意义的？

毋宁相信夷坚没有加入政争并不是因为他和皋陶一样短命，而是“闻而志之”的人并不参与现实权力的角逐或依附。他还有更长远和伟大的功业犹待完遂——无用于现实的知识。

《列子》中的“终北”、“溟海”、“天池”、“鲲鹏”多么巨大？多么伟岸？然而“世岂知有此物哉？”之言却透露了另一面向的讯息。现世之人并不见得需要关心这样的东西，现世之人也并不需要了解和传递这方面的知识。在《列子》里，聪明睿智的发现者、命名者和记录者所处理的是纯知识的问题。这种知识容或无益于一时的国计民生，容或无助于一时的权力猎取，甚至无异于当下迫切的生命和生活，是以三个聪明人里一个客死僻地，一个被害殒身，另一个从历史和神话中蒸发掉了。

是蒸发掉了么?

· 洪皓，一个志节高的人

洪迈（1123—1202），字景庐，号容斋，别号野处老人，北宋末、南宋初时饶州鄱阳人。高宗绍兴十五年（1145），中博学鸿词科，做过吏部兼礼部的郎官，游宦于吉州、赣州、婺州等地。后入为敷文阁直学士、焕章阁、龙图阁学士，任绍兴知府，几乎就在去世之前未几才退休，时为端明殿学士，卒谥文敏。《宋史》本传说他“虽稗官虞初，释老旁行，靡不涉猎”。是个会让人想起蒙田（Michel de Montaigne）或狄德罗（Denis Diderot）的百科全书人。

洪迈的世界观应该和他的父亲洪皓有关，洪皓（1088—1155）是宋派驻金国的常任大使，当了十五年敌对国的人质，有忠节，颇振直声，宋高宗甚至称道他：“苏武不能过哉！”

在政治上，终洪皓父子两代半生所周旋的对象就是秦桧和“桧党”。洪皓是力主恢复，志在北伐，以攻势保全社稷的一方；秦桧秉承高宗意旨，是树敌养患、仅图偏安，以免归政于“二圣”的一方。秦桧对历劫归来的洪皓所展开的迫害可谓无时或已，一贬再责、三迁五徙，最后洪皓死在南雄州。有一个说法是秦桧死后，洪皓赦还，死于道途之间；另一个说法则是洪皓死后一日，秦桧才死。两说并见于《宋史》本传，未知孰是。无论如何，洪皓死前有一首念给洪迈抄录的七言绝句：

九贡山川半塞湮，飘零涕泗愧人臣。
步行夺马沧溟顾，猎得鲲鹏细写真。

这当然是一首愤慨交加的绝命诗。首句说的是家国破毁、江山沦落泰半，次句的惭愧说的既是自己，想着的恐怕还有并不自觉惭愧的秦桧。第三句应该从王维的“少年十五二十时，步行夺得胡马骑”而来，意思是勉励儿子志在恢复，这是很明显的。

不过这里头的“沧溟”二字大有学问，就诗而言，“沧溟”只不过是极北之地的一个代称，但是合下文“猎得鲲鹏”

来看，此处的“沧溟”仍不免于是指《列子·汤问第六》的“终北之北有溟海”，而且不免有以“夷坚”来勉诫儿子的用意。说白了，就是：恢复大宋固有的河山，但是要像夷坚一样，做一个“闻而志之”的人。一个知识人，一个（最好是）在权力场上蒸发掉的人。

· 洪迈，一个胃口大的人

洪迈毕竟还是做了翰苑待诏的官。先说一个洪迈做官时的故事。此事见于明代姜南的《风月堂杂识》，标题是《杜审言洪景庐自矜》。将洪迈的片段翻成白话文，大意如下：

有一天洪迈在翰苑值班，为皇帝草拟诏书。这一天特别忙碌，从清早到下午申时左右，居然写了二十多篇封事。写罢，稍赋闲，便在庭院之中散会儿步，看见一个老叟正在花径间晒着余温尚暖的太阳，上前一寒暄，才知道是个累世在翰苑里当差的院吏，已经八十多岁了，年轻时还曾经伺候过元祐时期非常知名的文苑前辈，如今退休养老，子孙还能继承祖业，也在翰苑里办些僚署庶务。老叟寒暄着说：“听说今日文书甚多，学士一定大劳神了。”洪迈一听这话，不免得意道：“今天草二十余制，都已经交差了。”老叟接着道：“学士才思敏捷，真不多见！”洪迈应声问道：“当年的苏东坡苏学士草制，大约也须是这么快罢？”老叟又点着头叹了口气，说：“苏学士敏捷，也不过如此——但是苏学士草制，是不用检阅书册的。”

姜南在记录了这个小故事之后接着说：“洪为赧然，自恨失言。常对客自言如此；又云：‘人不可自矜，是时使有地缝，亦当入矣！’”

从这一则小故事，可以得知洪迈或许不及东坡才捷思敏，但是赅博渊雅，亦非寻常扃箚了。

从著作方面看，洪迈的《容斋五笔》、《万首唐人绝句》、《野处类稿》都是惊人的巨作，《夷坚志》也不例外。此书原编四百二十卷，代远年湮，随时散轶。宋、元之间，就已经遗缺泰半，再也不复原观了。近人张元济编涵芬楼印本二百零七卷已经堪称穷搜尽罗，仍不到原帙的一半。这样庞大的编撰工作，前后耗费了五十六年的岁月。直到死前一年，洪迈还在写——至少还在督促着他的门客替他搜求、整理各种“天下之怪怪奇奇”的故事——据说有的门客为了省事，还偷偷剽窃了北宋初年由皇帝下诏编纂的《太平广记》里的篇章充数，博学如洪迈者竟也疏于审校，一并收纳——关于这一点，后世持论严苛的学者往往不能谅解，说他“猥薾弥甚”，他自己似乎也不能摆脱一种“满帙成编”的迫切感，急着要在有生之年编成一部日后其实没有人知道究竟应该有多大的集子。

为什么要把“天下之怪怪奇奇尽萃于是”？这一类的故事，显然无助于当时为数虽属有限而竞争却异常激烈的读书人——他们是能读得懂字句的人，却不会为了任何现实的目的去阅读、赞誉甚或推广这样的书。因为《夷坚志》所处理的，是严格的科考和理学圈子里的衮衮诸公所公认的异端知识。我们甚至可以这样假设：倘若不是一路拥有敷文阁、焕章阁、龙图阁以迄于端明殿学士的资格，那个时代的知识分子圈恐旧未必能容忍这样的作品付梓。

那么洪迈是怎么想的呢?

关于被门客所欺之事，亦见于数百年后的藏书家胡应麟的著述。明、清之际，以告密趋附而存身的“降绅”、“降臣”谢三宾曾经为洪迈的《容斋随笔》作过序。开篇即盛赞洪皓“著冰天之节，与苏属国（按：即苏武）争光”——看起来古人流芳百世的行径不过还是小人用来遮丑的盾牌。谢三宾在这篇序文里引用胡应麟（1551—1602）的意见，说：“容斋晚岁，急于成书，其门下客多取《太平广记》中旧事，改易姓名以欺之，亦不复辨。”

所谓“急于成书”，应该有个道理。

· 洪迈，也是个焦虑的人

《容斋随笔》书成于南宋孝宗淳熙十四年（1187）八月，当时的洪迈已经六十六岁了，时为焕章阁学士，知绍兴府。有一天入禁中为皇帝祝寿，皇帝于赐宴之际忽然对洪迈说：“最近读了一本叫什么斋的随笔。”洪迈没有料到这书居然流入宫禁，觳觫对答道：“是臣写的《容斋随笔》，无足采者。”皇帝却称许道：“煞有好议论！”宴罢，洪迈连忙到处打听，原来之前刊刻的书已经被商贩卖到书肆里去了——可见原先洪迈并没有料到他的书是可以当下流传、一纸风行的——这一风行，甚至让宫禁中执事的人也发现了，皇帝竟然成了洪迈读者。这个遭遇显然对洪迈是个极重要的鼓励，他随即在五年之内又写了十六卷，是为《容斋续笔》。

这是我帮他算的。但是到了庆元三年（1197）九月二十四日，洪迈自己算出来的写作时程就不一样了，他在《容斋四笔•序》里如此写道："始予作客斋一笔，首尾十八年，二笔十三年，三笔五年，而四笔之成，不费一岁。"这个算数很奇怪，依照《容斋续笔》（也就是二笔）的序所记录的写作时间算来，二笔成书首尾只有五年，他自己却算成十三年，或许二笔之中容有第一部《随笔》时就草成的篇章，而收入了二笔之中，亦未可知。但是为什么把第一次刊刻时舍弃的草稿放在二笔之中呢？这就不得不让人怀疑：被皇帝夸奖"煞有好议论！"之后的洪迈怀抱着更大的信心了。

写《容斋四笔•序》的，是个七十五岁的老人，自谦"弄笔纪述之习，不可扫除，故搜采异闻，但绪《夷坚志》，于议论雌黄，不复关抱"。翻译成今天的白话文，洪迈的意思就是：老来写作成习，改不了了，可是又不想对"现实"或"正经"再发表什么议论，宁可写些志怪之类的小故事，聊以自娱罢了。这话是否由衷？姑且不论，杜甫不是明明白白说："老去诗篇浑漫兴"，连个人遣怀的创作都是这么个路数势头，遑论笔记文章了。不过《容斋》之作，毕竟没有中止。据这一篇序文表示：洪迈是受了小儿子洪櫰的鼓舞而继续写的："稚子櫰每见《夷坚》满纸，辄曰：'《随笔》、《夷坚》皆大人素所游戏，今《随笔》不加益，不应厚于彼而薄于此也。’日日立案旁，必俟草一则乃退。”

无论如何，洪迈越写越快是事实。即使是《夷坚志》的编撰也是如此。

前文说过：《夷坚志》原编卷帙浩繁，计四百二十卷。这部书用天干纪编，前二百卷的编法是由甲至癸，每字二十卷。之后就是“支甲”到“支癸”、“三甲”到“三癸”各一百卷，也就是每一天干计字，编成十卷。编到了四甲、四乙的二十卷之后，洪迈就过世了。死前九年，当他还一面在为小儿子洪櫰写《容斋四笔》的时候，一面还加紧手笔，像是在与时间赛跑似地“搜采异闻”——以及没忘了算算数。时在绍熙五年（1194）：

《夷坚》之书成，其志十，其卷二百，其事二千七百有九。盖始末凡五十二年，自甲至戊，几占四纪，自己至癸，才五岁而已，其迟速不侔如是。

这段话的用意只是在表示“著书的快慢是如此地不相同”吗？显然不是，这和前面所引述的《容斋四笔•序》所要表达的底意是一样的：对于越写越快这个状况，洪迈是十分得意的。为什么写得快会让他感到得意呢？

在《容斋续笔•卷一》中，有一则《唐人诗不传》，翻成白话文，大意如下：

韩愈在《送李础序》一文中，曾经称道李生是“温然君子，有诗八百篇，传诵当时。”又有《卢卫墓志》说卢君能作诗，从小到老，所写定而能够传录的诗大约有一千多篇。他于书无所不读，然而读书所为何事？无它，就是为了写诗。当卢君任登封县尉之时，将所有的诗篇都投献给郡留守郑余庆，郑余庆也因为欣赏他的诗而写信把卢君推荐给宰相。照这情形看来，李、卢二君的诗是又多、又值得流传的。还有裴迪这个人，他和王维一同赋写关于辋川的许多绝句，都收入了王维的集子；但是除此之外，裴迪更无一首作品传世。连杜甫都有《寄裴十诗》：“知君苦思缘诗瘦”，说的就是裴迪，裴迪之能写不错的诗，应该是无疑议的。然而，现在考求《唐书•艺文志》，列归别集的有好几百家，却都没有裴迪的书，他的名字也不见于他人文集之中，各类诗文集子里竟然一篇都未曾收录。此外，白居易作《元简宗集序》说他写过一百八十五首“格诗”（按：是一种初兴于西晋，盛于梁、陈之间的诗体；此体介乎古体和今体之间，有排偶而无粘，后来在唐初沈佺期、宋之问的手中发展成五言长律），以及五百零九首律诗。如此大量不说，白居易还称许元简宗："遗文三十轴，轴轴金玉声"，说他"古常而不鄙，新奇而不怪"，可是到了今天（也就是三百年之后洪迈及身的当世）连知道元简宗的名字的人都很少了。

这段感叹显然可以看成是洪迈本人焦虑的核心。他知道历史和权力一样，是非常现实的。

· 洪适，一个指点意思的人

在权力场上争逐失意的知识分子总还有一个假设：他的作为、他的想法、他的委屈和尊严都可以透过著作来向日后的读者诉请谅解。也许洪迈无法逆料，《夷坚志》在他身故之后十年就出现了选本——选本的出现绝对不是洪迈所乐见之事——因为这就表示书原本是可以风行的，可惜写长了，写多了。洪迈为什么要写那么多？也许洪迈本来就是一个在意作品数量的人，看他同翰苑花径间那晒着太阳的老叟的一番对话可知，能在有限的时间之内完成大量的写作（即使所写的只是为皇帝草拟诏书），在洪迈而言都是极有成就感的事。换言之，留下丰富的著作本身似乎就是目的。

洪迈的长兄洪适曾经为他们的父亲洪皓遗留下来的一几十则笔记《松漠纪闻》写过一篇跋语，提到洪皓原先出使金国之时，就已经深入北边，置身穷漠，耳目所接，随笔纂录。写出这些记录北地诸国风土人情的文字，无论算不算是一桩能够在当时公诸于世的事——或者也应属于关系紧张的邦交国之间秘而不能宣的情报搜集；在宋金决裂、汴京危变的时候，洪皓一把火就把所有的记录都烧掉了，所谓“秃节来归”。

日后与秦桧龃龉日甚，终至被祸，洪适的描述是这样的：“因语言得罪柄臣，诸子佩三缄之戒，循陔侍膝，不敢以北方事置齿牙间。”这段话勾勒了一个复杂的心理背景：洪皓在出使时随手纂录的内容已经是禁忌的知识，对于势成敌国的宋、金皆然。直到贬谪南雄州，与官家政府无可通讯，才稍稍能够同儿子们谈一谈当年的往事。洪适在为《松漠纪闻》写的跋语中这样透露：“及南徙炎荒，视膳余日，稍亦谈及远事。凡不涉今日强弱利害者，因操牍记其一二。未几，复有私史之禁，先君亦枕末疾，遂废不录。”

这一段话写于绍兴二十六年（1156）夏天，也就是洪皓死后两年，洪适守制期间替父亲编成了这一部未及完成的著作，十五年历节冰霜，只有几十则残缺不完的载录。接着，洪适写道："及柄臣盖棺，弛语言之律，而先君已赍恨泉下。"这里说的柄臣，自然是指秦桧——既然是已经死去的仇家，何以仍然要隐讳其名？盖不欲此人之名与洪皓之作俱传也。显然，洪氏父子兄弟对于《松漠纪闻》之能"传"，还是很有期待的。

通观洪适寥寥不过百余言的跋语，所一再申言、突显的，就是视此类笔记为禁忌，甚至异端的社会氛围和政治背景。而他的弟弟洪迈则在两年之后完成了第一批的《夷坚志》。不久，洪迈也随即展开了他那部网罗当世群学，有如百科全书的巨作，一共五笔七十四卷的《容斋随笔》。套用洪氏传衍到清代的族孙洪璟的话说："其书自经史典故、诸子百家之言，以及诗词文翰医卜星历之类，无不记载，而多所辨证。"

• 洪櫰，一个借口

让我们想象一下洪迈的小儿子洪櫰站在父亲书桌旁边磨

蹭的情景。这个喜欢读书、还不满二十岁的少年质问父亲为什么“厚彼（《夷坚志》）薄此（《容斋随笔》）”，而且每天非等着洪迈写出一则随笔来不肯罢休。这是洪迈自己对于《容斋随笔》之所以在三笔之后还有续作的解释。但是，这一段出现在《容斋四笔•序》里的文字有没有更深的底蕴呢？前文曾经引述：“弄笔纪述之习，不可扫除，故搜采异闻，但绪《夷坚志》，于议论雌黄，不复关抱。”既然对正经议论辩难有兴趣，为什么还继续写到老死呢？只是“丈夫爱怜少子，此乎见之，于是占抒为序，并奖其志云”，似乎太轻易便宜了。

我倒觉得同一序文中的另外两小段文字透露出玄机：一方面，洪迈借由洪櫰的话说：“《随笔》、《夷坚》皆大人素所游戏，今《随笔》不加益，不应厚于彼而薄于此也。日日立案旁，必俟草一则乃退。”另一方面，在比较《容斋四笔》和前三笔的写作速度时又得意地说：“始予作容斋一笔，首尾十八年，二笔十三年，三笔五年，而四笔之成，不费一岁。身益老而著书益速，盖有其说。”写得那么快，哪里像是“于议论雌黄，不复关抱”呢？

或者，真相很可能是：洪迈从一个“年且弱冠，聪明殊未开”的小儿子身上看出了一种士大夫阅读的动能和兴趣，这种动能和兴趣是知识社群经世致用的主流价值之所系。《容斋随笔》之所以得继续写，乃是洪迈得以继续在这个社群之中被重视、被理解或者说不被淡忘的主要条件。他必须一直不停地写出曾经让皇帝称赏、让儿子期盼的作品，其实是在替自己晚年真正有兴趣的异端知识作背书。他希望能藉由自己在正统知识社群里的地位去提倡一种被视为荒诞、神怪，甚至“疾行无善迹”、“猥薾弥甚”（明胡应麟《少室山房类稿・卷一〇四》）的书写。目录学家陈振孙在《直斋书录解题・卷十一》对《夷坚志》的批评很露骨：“稗官小说，昔人固有为之者矣。游戏笔端，资助谈柄，犹贤乎已可也。未有卷帙如此其多者，不亦谬用其心也哉？”陈振孙还有一个很独特的、打压异端知识的逻辑，他接着说：“且天壤间反常反物之事，唯其罕也，是以谓之怪；苟其多至于不胜载，则不得为异矣。”

至于鲁迅在他的《中国小说史略・第十一篇・宋之志怪及传奇文》里，也有一段改写自陈振孙《解题》的话：“奇特之事，本缘稀有见珍，而作者自序，乃甚以繁伙自熹，耄期急于成书，或以五十日作十卷，妄人因稍易旧说以投之，至有盈数卷者，亦不暇删润，径以入录……盖意在取盈，不能如本传所言，‘极鬼神事物之变’也。”

这样猛烈的批评出自陈振孙不令人意外，鲁迅跟着瞧起哄就有点儿自己站不住阵脚了——在读到这种议论之前，我一直以为鲁迅够聪明、够剔透、够冷隽。至此才发现他在知识价值上一点儿都不想靠左。要不，就是他根本没仔细读过《夷坚志》和《容斋随笔》，也体会不到洪迈（作为小说家鲁迅的先驱）所示范的写作理想。

· 蒲松龄，一个不会出现的人

对于异端知识的猎取，看不懂文言文荒怪故事的现代读者不必懊恼，洪迈那个时代的《夷坚志》差不多就相当于我们这个时代《壹周刊》之流的八卦杂志；士君子所不直，但是却为试图推拓知识畛域、以迄于世俗或正统的价值边缘之外的书写者领了航。洪迈不可能知道，他那数以千计、游戏笔端、资助谈柄的小故事居然在多年之后一直为人所引用改写，成为中国说部材料的藏智库。没有《夷坚志》，元代沈和撰写的杂剧《郑玉娥燕山逢故人》不会问世，明代冯梦龙、凌濛初等的《三言》、《二拍》、《情史》、《古今小说》会缺少许多篇章，天然痴叟的《石点头》里一定不会有《王孺人离合团鱼梦》这个精彩的短篇……

我甚至大胆地想象：如果没有《夷坚志》将鬼怪神异之说从六朝以至于唐代那个以“志怪”、“博物”、“搜神”为取向的叙事传统中释放出来，将异端知识大量融入常民生活现实和社会现实之中，日后会不会出现蒲松龄、纪晓岚这样的作家呢？会不会出现《聊斋志异》、《阅微草堂笔记》这样的作品呢？

世间此际没有鲲鹏，如何猎得？如何写真？猎写鲲鹏而非此世间人所能识、所能赏，又如何能向人解释：这就是鲲鹏？异端知识永远背负着这样难解的质疑，在每一个时代备受主流知识社群的歧视和冷落。这样很好，对异端知识有真正兴趣的人永远远离实际的权力。

图书在版编目（CIP）数据

战夏阳 / 张大春著．-- 北京：九州出版社，2018.1
ISBN 978-7-5108-6671-5

Ⅰ．①战… Ⅱ．①张… Ⅲ．①长篇小说—中国—当代
Ⅳ．① I247.5

中国版本图书馆 CIP 数据核字（2018）第 033548 号

本著作物经北京阅享国际文化传媒有限公司代理，由张大春授权在中国大陆独家出版、发行中文简体版。

战夏阳

作　　者　张大春　著
出版发行　九州出版社
地　　址　北京市西城区阜外大街甲 35 号（100037）
发行电话　（010）68992190/3/5/6
网　　址　www.jiuzhoupress.com
电子信箱　jiuzhou@jiuzhoupress.com
印　　刷　三河市中晟雅豪印务有限公司
开　　本　700 毫米 ×970 毫米　32 开
印　　张　10
字　　数　150 千字
版　　次　2018 年 4 月第 1 版
印　　次　2018 年 4 月第 1 次印刷
书　　号　ISBN 978-7-5108-6671-5
定　　价　48.00 元